[日] 知念实希人——著
堤风——译

暗黑医院

消失的病患

天津出版传媒集团
百花文艺出版社

图书在版编目（CIP）数据

暗黑医院：消失的病患 /（日）知念实希人著；堤风译．-- 天津：百花文艺出版社，2020.6
ISBN 978-7-5306-7874-9

Ⅰ．①暗… Ⅱ．①知… ②堤… Ⅲ．①长篇小说—日本—现代 Ⅳ．① I313.45

中国版本图书馆 CIP 数据核字（2020）第 054124 号

仮面病棟 （知念実希人著）
KAMEN BYOTO

Original Japanese edition published by Jitsugyo no Nihon Sha, Ltd. Simplified Chinese edition is published by arrangement with Jitsugyo no Nihon Sha, Ltd. through Discover 21 Inc., Tokyo. and Shinwon Agency Co.

著作权合同登记号：图字 02-2019-407 号

暗黑医院：消失的病患
ANHEI YIYUAN：XIAOSHI DE BINGHUAN
知念实希人 著　堤风 译

责任编辑：胡晓童　**特约监制：**燕　兮
特约编辑：落　溪　**装帧设计：**董小睿
版式设计：蚂蚁王国
出版发行：百花文艺出版社
地址：天津市和平区西康路 35 号　**邮编：** 300051
电话传真：+86-22-23332651（发行部）
+86-22-23332656（总编室）
+86-22-23332478（邮购部）
网址：http://www.baihuawenyi.com
印刷：万卷书坊印刷（天津）有限公司
开本：880×1230 毫米 1/32
字数：130 千字
印张：7.875
版次：2020 年 6 月第 1 版
印次：2020 年 6 月第 1 次印刷
定价：45.00 元

如有印装质量问题，请与万卷书坊印刷（天津）有限公司联系调换
地址：天津市宝坻区马家店工业园区盛举道 3 号 1 车间
电话：（022）59219816
邮编：301801

目录 CONTENTS

田所医院　各层楼平面配置图

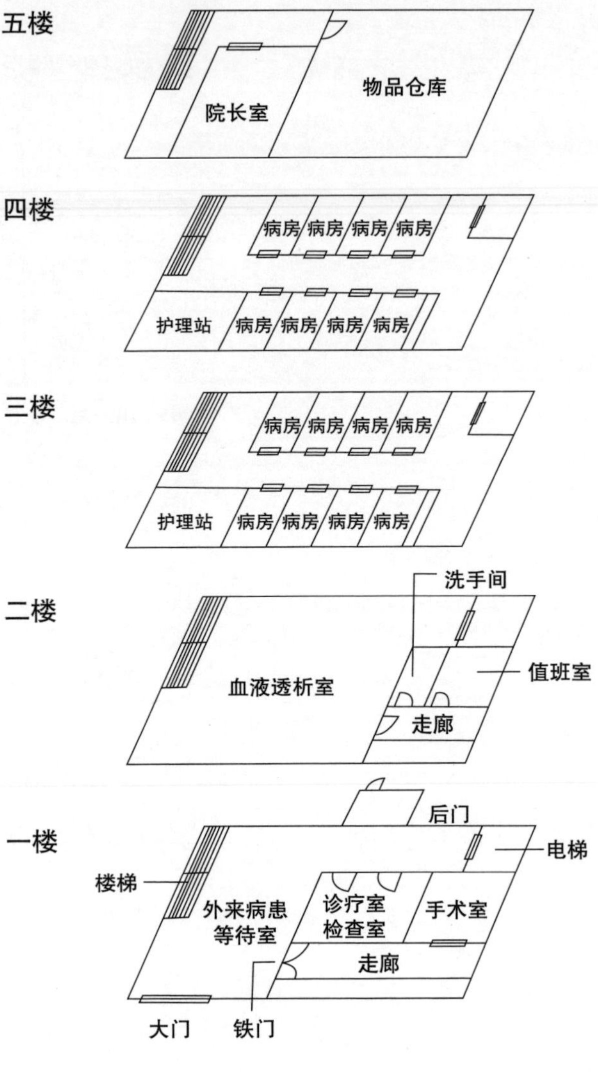

序章

秒针发出刻画时间的声响，在这间十平方米大的房间中显得特别响亮。房间里的气氛沉重如铅，一点一滴地腐蚀着人的心志。

速水秀悟吐出肺脏中沉积已久的空气，望向正前方的刑警。

“我已经说完自己知道的所有事情了，你到底还有哪里不满意？”

他被关在充满阴沉气息的房间里已经超过十个小时了，耐心差不多到了极限，无法继续与这群血气方刚的刑警共处在这狭小的空间中。

眼前的刑警名为金本，他单肘撑在桌上，狐疑地眯起了眼，由下往上瞪着秀悟。

“速水医生，我不是不满意您的回答，但是啊……”

金本抓了抓稀疏的头顶，头皮屑飞落在桌面。

“医生的描述和现场的情况有些出入，我在思考其中有什么原因。”

“我根本不知道发生了什么事，我才想问为什么啊！”

秀悟使劲拍打着桌子，沉重的声响回荡在窄小的房间里。

“医生，请您冷静点。您在案发时头部遭到严重撞击，会不会是因此记忆有些混乱？”

刑警开口安抚秀悟，秀悟沉默不语。他很肯定，自己绝对没记错。但是刑警一再质疑他的记忆，这些疑问一点一滴地在消磨他的信心。

那如同噩梦般的一晚，究竟从何时开始才是现实？

一阵刺痛掠过秀悟的头部，他忍不住抱头呻吟。

“您没事吧？”金本问道，语气却听不出有多担忧。

还不是你们逼出来的！秀悟愤恨地看向金本。

“总之，能否请您再一次仔细描述一下案发当晚的情况？或许还会再发现什么。”

金本摸着长满显眼胡楂的下巴。秀悟咬了咬唇，微微收起下巴，点了点头。

那一晚之后明明只经过三天，秀悟却觉得像是很久以前的事。

“……那一晚，我开车前往田所医院，准备到那间医院值班。”

秀悟缓缓开口，垂下眼睑，渐渐融入记忆的深海当中。

脑海中浮现出小丑丑恶的笑容。

第一章　小丑之夜

十

1

速水秀悟转动钥匙，关闭汽车引擎。接着他叼着香烟，拿起从二十岁使用至今的 zippo[1]打火机点燃烟，大口吸入，让烟雾充满肺中，再缓缓呼出。

他知道自己必须戒烟，但外科医师工作繁忙，他时不时就想用尼古丁稀释沉重的压力，怎样也改不掉这个坏习惯。

秀悟垂眼看向手表。现在是晚上七点四十分，接下来直到早上为止，他都必须待在医院里值班，时间长达十小时以上。待在医院自然无法抽烟，他只能趁现在补充尼古丁。

秀悟花费数分钟抽完烟，走出车外，打了个哆嗦，十一月夜晚的冷风吹过医院后方的停车场，无情地夺去了体温。

---

[1] zippo，zippo 是由美国 Zippo 公司制造的金属打火机。

秀悟急忙拉起大衣衣领，他抬起头，眺望着眼前的建筑物。这栋建筑物共有五层楼高，外观老旧，这里是田所医院，也就是他今晚负责值班的场所。

这栋医院还是老样子，十分诡异。秀悟吐着白雾，向前走去。

这间疗养型医院位于狛江市郊区。秀悟经由任职同一间医院的前辈介绍，每周会到这间医院兼职大夜班。工作内容大多只是在值班室里“待机”，俗称“睡觉班”，兼职薪水还不差，所以秀悟从去年起，开始固定在田所医院排班。不过，原本今天并不是秀悟值班。

“抱歉，我负责的患者突然病情恶化，你今天能不能代替我去田所医院值班？”

大约一个小时前，介绍这份兼职的泌尿外科前辈突然打电话到秀悟的院内手机这么拜托他。秀悟明天一大早必须参与外科部部长执刀的胰头十二指肠切除手术[1]，在手术中担任第一助手，所以他今天其实很想在家里好好休息。不过这位前辈和秀悟来自同一所医科大学，上学期间又相当照顾秀悟，所以他很难拒绝前辈的请求，只好开着爱车前来代班。

秀悟绕往医院的后门，同时向上望去。医院二楼以上的窗户都装设有铁窗，铁窗上还有显眼的铁锈。听说这间医院以前是精

---

❶ 胰头十二指肠切除手术，针对胰脏头部（含钩突）或壶腹周围（periampullary）的癌症。手术需要切除胆囊、总胆管、十二指肠、胰脏的头部、远端的胃，及淋巴结扩清术。

神科医院，那些铁窗就是当时遗留的产物。秀悟每次见到这些铁窗都会忍不住联想到监狱。

秀悟抵达后门，正要在门旁的电子锁输入密码。就在这个瞬间，一个体格壮硕的年轻男子忽然打开门，走了出来。秀悟见过这个男人几次，他应该是医院的员工，正要下班回家。

“咦？呃……速水医师？今天是您值班吗？”

男人见到秀悟，瞪大双眼。

“小堺医师临时有急事没办法值班，我来代班。”

秀悟耸耸肩。

“啊，是这么回事啊……辛苦您了，值班请加油。”

“谢谢你。”

秀悟穿过男人打开的大门，打了卡，走进医院。医院一楼设有手术室、外来患者等待室等处，这些地方的灯光已经全部关上，只剩紧急照明散发着淡淡绿光，照亮室内。秀悟环视空荡荡的外来患者等待室一圈，随后走向一旁的楼梯。

楼梯入口设有沉重的铁门栏。当这里还是精神科医院的时候，这扇门栏应该是用来防止患者跑出医院的，不过秀悟从没见过这扇门栏关闭的模样。

秀悟一步步踏上阶梯。值班室在二楼，但是他必须先到三楼，告知晚班的护士自己已经抵达医院了。

他渐渐靠近三楼，日光灯洁白的光亮照射进昏暗的楼梯间。楼梯旁设有护士站，光亮就是从那里传来的。

“不好意思。”

秀悟探头看向护士站内，里头却不见人影。或许是去巡视病房了？秀悟搔了搔太阳穴，便走进与一楼同样昏暗的走廊深处，缓缓前进。

消毒水的味道里混着一丝粪尿的恶臭，传入鼻腔。秀悟皱起眉头，捂住鼻子探看每间病房。每间病房内各摆有四张病床，大约一半的病床都没有拉上床前的隔帘，可以直接看见床上的患者。

骨瘦如柴的患者们浮现在黑暗之中。秀悟见到这些患者的模样，眉头的皱纹加深不少。

田所医院属于疗养型医院，这里和大学医院这类急性照护医院不同，入院患者的病况都保持某种程度的稳定，但他们需要不间断的医疗照护。因此这里的患者大多是因脑中风或衰老卧床不起，抑或是因为其他原因出现同等症状。总而言之，这间医院里住了相当多意识不清的患者。

而这间医院还有一个特征，就是大部分入院的患者都是孑然一身。基本上疗养型医院倾向对无依无靠的患者敬而远之，田所医院却反其道而行，积极接收这类患者。

往乐观的方向思考，这些患者很难找到住院地点，田所医院的做法算是对他们伸出援手，不过秀悟早就看穿了院方的企图。

既然患者无依无靠，即使他们出了什么意外，也不会有家属之类的人跑来找茬。再加上这些患者的大部分医疗费用都是由公费支出，院方施行些许的过剩医疗行为也不担心曝光。秀悟轻轻摇头，从患者身上移开视线，继续往前走。

他查看完八间病房，都没找到护士。秀悟来到走廊尽头的电梯前方，满脸疑惑。

……姑且先到四楼好了。这栋医院的三楼和四楼都是病房区，构造相同，两层楼各有一处护士站，晚间会各有一位护士值班。

秀悟正打算按下电梯按钮时，他的视野余光见到有人影从楼梯走进护士站。秀悟加快脚步通过走廊，再次探头查看护士站。一个中年护士正从架子上取出病历。

“晚上好。”

秀悟一开口问候，护士丰满的身躯便整个转向他。秀悟见过这个护士几次，紧绷的白衣胸前挂着一个名牌，上头写着“东野良子”。

“哎呀，这不是速水医师吗？今天是星期四，您怎么会来呢？”

东野睁大浮肿的双眼。

“小堺医师今天实在抽不出空，所以找我来代班。麻烦你多关照了。”

“原来如此，我才要请您多关照呢。”

“今天有没有患者的病情恶化需要诊治的？”

“没有、没有，这层楼和四楼的患者病情都很稳定，您先休息一下。”

“是吗？那我就先待在值班室里，有任何情况就 call 我。”

秀悟说完，便沿着楼梯走下二楼，穿过宽广的房间。房间左右方放着病床与血液透析器，这些仪器在紧急照明暗淡的光芒映照之下，缓缓浮现其形状。听说这间医院从早上到傍晚会进行外来患者的血液透析。

秀悟抖了抖身子。三楼的空调正常运转，但二楼却不同，感觉有些寒冷。可能是因为这房间不但空旷，还设了几扇大窗户，室内的气温才会比较接近户外。白天只靠空调可能没办法温暖整个房间，仔细一看，会发现房间各处还放着老旧的煤油暖炉。

秀悟穿越透析室，打开最深处的房门。房门前方延伸出一条稍短的走廊，走廊尽头便是员工专用的洗手间与值班室。

秀悟走进值班室，按下日光灯的开关，房间立刻充满漂白般的白光。

近十平方米大的空间中放置了简易折叠床、柜子、小小的办公桌以及电视，摆设相当朴素。秀悟脱下大衣，将大衣随手挂在椅背上，鞋也没脱就直接躺在床上。

秀悟平时会带小说或医学杂志来打发时间，但是他今天是临时决定来代班的，什么都没带，无可奈何之下只好打开电视。隔了数秒之后，古老的映像管电视才缓缓显示出影像。

秀悟躺在床上观看新闻节目好一阵子。某地区的都市发生杀人事件，遥远的国外掀起大规模暴动，股价预测，天气预报，职棒的比赛结果。他心不在焉地听着各种各样的消息，忽然间，某处传来了爆炸声响。

原本正在打瞌睡的秀悟猛然坐起身。声音听起来相当接近，难不成是汽车爆胎?

秀悟仔细聆听了数秒，外头并没有再次传来爆炸声。他望向墙上的时钟，时间不知不觉间来到晚上九点。

……差不多该换衣服了。秀悟站起身，从柜子取出手术衣。医师值班时都是以手术衣代替睡衣。

秀悟脱下马球衫与牛仔裤，换上手术衣，再次躺回床上，闭上双眼。连日来，沉重的勤务使他精疲力竭，现在明明距离睡觉时间还早，他却开始昏昏欲睡。

秀悟的意识开始在蒙眬之中载浮载沉，突然间，一阵急促的电子音强行拉起他的意识。秀悟睁开眼，沉着脸瞪向枕边的内线电话。内线电话正不断发出歇斯底里的呼叫声。

不是说患者病情稳定吗?秀悟在内心暗自抱怨，手同时伸向话筒。

“是，我是速水。”

“……我是东野。不好意思……可以请您过来一趟吗?”

对方语气凝重，秀悟从中察觉事态严重。是患者的病情突然恶化了吗?

“我马上到。在三楼吗?还是四楼?”

“……在一楼。”东野压低嗓音，这么说道。

“一楼?”

“是的，在一楼。麻烦您尽快过来，越快越好。”东野焦急地说。

“我明白了，我马上下去。”秀悟说完，放下话筒。

该不会是有患者摔下楼梯？总之自己最好加快脚步。秀悟从柜子里拿出白袍，一边披上白袍一边走出值班室，接着他快步穿过透析室，走下楼梯。他一绕过楼梯转角便见到两名护士站在一楼。一名是东野；另一名护士则是身材纤细，看起来大约三十岁。秀悟在值班的时候见过她几次，她的名字好像是佐佐木。

“发生什么事了？”

秀悟奔下楼梯，开口问道。乍看之下，一楼现场并没有任何患者倒下。

东野缓缓举起手，食指指向某处。秀悟循着食指的方向看去。

“啊！”他喉咙深处漏出一声惊呼，顿时傻住。

外来患者等待室内放有大约十张沙发，而在室内的一隅，有一名男子站在漆黑的角落中。他的头部特别吸引秀悟的目光。男子的头部外侧裹着一副橡胶制的小丑面具，面具的模样看起来十分诡异。

巨大的嘴唇涂得鲜红，两端高高勾起；双眼画上乌黑的外框，仿佛猫熊一般；鼻子宛如赤红的高尔夫球。这一切都足以勾起人类的恐惧本能。

秀悟无法理解情况，愣愣地站在原地。

“……你就是医生啊？”

面具上那张巨大双唇的中心微微动了动，发出低沉含糊的声音。面具上似乎只有嘴唇跟双眼的部分开了洞。

“呃，是……”秀悟一头雾水地点点头。

“那你过来医好这家伙。”

小丑指着自己的脚边。秀悟的目光向下移去，接着倒抽一口气。小丑身旁倒着一个年轻女子，女子像虾一样卷曲着身体，浑身颤抖。秀悟远远就能望见她痛苦扭曲的表情。

医师本能驱动秀悟的身体，他立刻奔向沙发之间，来到女子身旁。

“你没事吧？！”

秀悟跪下身，开口问道。女子按着腹部，无力地抬起头。这名女子相当年轻，可能才二十岁左右。她的双眼画了眼影，眼角显得特别细长，鼻翼高挺、纤细，双唇抹着嫣红的口红。她的脸上画着稍浓的妆容，长相却十分标致，平时的她肯定非常有魅力，但现在这张脸却紧绷、抽搐连连，令人于心不忍。

“肚子……”

女子微微张开颤抖的双唇，嘶哑地说。

“腹部很痛吗？”

秀悟伸手触碰女子裹在毛衣下的腹部，打算为她诊断。刹那间，他的掌心感受到温暖黏滑的触感。秀悟低头望向自己的手，手掌上沾满红色液体。

是血？女子正在流血，而且出血量相当大。

“出血怎么会这么严重……”

秀悟低喃。此时他感觉到有硬物碰到自己的额头。

“因为我用这玩意儿给了她一发。”

小丑拿着一把粗糙的左轮手枪抵住秀悟，愉悦地说道。

紧急照明略带青色的微光隐隐映照出那张丑恶的笑容。

2

“喂，医生，这里是医院吧？你快点帮我医好那女人。”

小丑拿枪指着秀悟，这么说道。

“……你对她开枪？”

秀悟细细吐出气息，努力想平复自己濒临错乱的心志。

“我刚才说过啦。”

小丑冷哼一声，随意踢了踢女子的躯体，女子痛苦地呻吟。

“快住手！”

秀悟立刻护在女子身前。小丑则是语带调侃，晃了晃手枪。

“哦哦，很英勇嘛。你以为自己是正义的英雄吗？少来了，快去治好那女的。”

秀悟一面警惕小丑的行动，一面摸向女子的手腕，仔细诊脉。女子外表看似严重出血，所幸没有引发出血性休克，但是她需要立即接受手术。

“请抬担架过来，我们要把这位小姐送去手术室！”秀悟回过身对东野和佐佐木说。

但是两人缩在一起站在原地，一动也不动。

“快点去！”

秀悟一时情急，使劲怒吼。东野浑身一震，这才怯生生地开始往等待室内移动。

“喂，给我等一下。”

小丑沉声说道。东野的脚刚要踏出去，便有如石化一般，硬生生地停在原地。

“你该不会想趁机溜了吧？”

东野听见小丑的威吓，用力摇头，颈部的赘肉随着动作大力摇晃。

“我只是请她去拿担架来搬这位小姐而已！”

“我不准。”小丑一口回绝秀悟的反驳，“你去搬她。”

秀悟表情抽搐，低头望向女子。女子身材非常纤瘦，他应该搬得动，但是可能会让女子出血得更严重……

“救救我……”女子口中泄出一丝虚弱的呼喊。

……没办法了。秀悟心意已决，伸手抱住女子的背部与膝盖内侧。

“不好意思，可能会有点痛。”

秀悟说道，同时全身施力，一把抱起女子。女子痛得呻吟出声。

“请告诉我位置，我来搬她去手术室。”

秀悟回过头对护士们说道。他曾听说医院一楼有一间小型的手术室。

两名护士迟疑地走进外来患者等待室。东野来到等待室最深处的铁门，她从白衣口袋取出钥匙串，抽出一把钥匙插进铁门的钥匙孔中。钥匙孔发出“咔嚓”一声，门打开了。东野怯懦地按下墙上的开关，打开日光灯，灯光照亮整条大约十米的走廊。

秀悟回头观察身后的小丑。日光灯的灯光清晰映出小丑的身影。那是一名身材高大的男人。秀悟的身高是一米七五，而这个男人显然比秀悟还要高，隔着衬衫也能清楚看出他壮硕的肌肉。

“喂喂喂，大医生，你看什么看啊？”小丑真正的嘴巴位于巨大红唇中央，他的嘴唇动了动，“赶快搬那女的去疗伤。听好了，要是那女的死了，我就干掉你们所有人。”

小丑把枪口轮流对准秀悟以及两名护士。“咿……”佐佐木双唇发青，抽泣似的闷哼一声。

“……我明白了。”

秀悟抱着女子走向走廊深处。他想知道小丑的真实身份与目的，但现在最要紧的是帮助怀中的女子。

走廊尽头的左侧可以看见一扇自动铁门，铁门上设有小窗，那里应该就是手术室。秀悟快步走着，同时感觉女子腹部流出的鲜血渐渐沾湿自己的手臂内侧。

铺满瓷砖的走廊一侧宛如杂物间，堆着心电图机、如山高的纸箱以及旧白板等物品。这个区域原本应该时时保持整洁，现在却成了这副模样，手术室想必也是破旧不堪。不过事到如今不能再要求更多。

秀悟绕过消毒手指用的洗手台，来到门前踩下脚踏开关。自动铁门缓缓打开，手术室内的灯光同时亮起。

“咦？”秀悟顿时愣在原地。

他原本猜想这间手术室非常老旧，几乎无人使用。但是当他一通过自动门，眼前的空间却完全异于他的想象。

这里简直就像一所大学医院最先进的手术室。亚麻油毡质地的地板，墙壁光洁明亮，墙上的柜子里备有充足的点滴与药剂，室内不知为何排着两张手术台，手术台的头部位置放有新型麻醉机。

为什么这栋老旧的疗养型医院里会有设备如此完善的手术室……秀悟看傻了眼，“呜嗯……”此时怀中的女子一阵呻吟，唤回秀悟的注意力。

现在没时间吃惊了，要赶快为她治疗。秀悟靠近手术台，让女子纤细的躯体仰躺在手术台上。

“给我剪刀！”秀悟向护士们说道。

东野从手术室的柜子里取出外科用的组织剪递到秀悟手边。

“立刻进行静脉注射，以最大流量注入生理盐水！”

秀悟接过组织剪，并对东野下达指示。

东野神情严峻地点头，接着对僵在手术室入口的佐佐木大喊：“你也来帮忙！”佐佐木全身微微发抖，慢吞吞地靠近手术台。

“我要剪开衣服了。”

秀悟不等女子回答，直接拿组织剪抵住染满鲜血的毛衣，连同底下的衬衫一口气剪到开胸口的位置，白皙的肌肤与淡粉色的胸罩直接暴露在日光灯下。女子下意识想用两手遮住胸前，东野随即呵斥："现在要打点滴，手不要动！"女子只能绷紧了脸。

天花板吊着一盏手术无影灯。秀悟打开无影灯开关，并将女子身穿的长裙拉下数厘米。炫目的灯光显现出伤口的模样。

左上腹划开一道斜行伤口，长约十五厘米，伤口仍然大量出血中。这恐怕就是那把手枪射伤的伤口。

凄惨的枪伤令秀悟皱起眉头，同时他也放下心中的大石。子弹贯穿了皮肤以及下层的脂肪、肌肉，但没有到达腹腔内部。这样一来就不用实施开腹手术，只需要进行局部麻醉后处置伤口即可。

"治得好吗？"

秀悟听见身后传来询问声，回过头去。小丑背靠在入口附近的墙壁上。

"……应该没什么问题。"

秀悟点点头，对在一旁手忙脚乱的佐佐木下达指示："请拿无菌纱布过来。"

"什么应该，是绝对要治好，不然我就当场干掉你们所有人。给我拼命医好她。"

小丑挥舞着手枪。秀悟瞥了小丑一眼，接过佐佐木递来的纱布放在伤口上，并且由上加压。女子痛得发出微弱的呻吟。

"会有点痛，忍着点。我绝对会救你。"

女子端正的脸蛋依旧扭曲，不过她听完秀悟的话，微微地点了点头。

“你说得出自己的名字吗？”

秀悟继续对话，试图转移女子的注意力。

“……我叫作爱美，川崎爱美。汉字是爱人的爱，美丽的美，‘爱美’。”

女子悄声说道。

“那么，爱美小姐，你知道那个小丑男的身份吗？他是不是你认识的人？”

爱美虚弱地摇头。

“我不认识他，我原本只是想去便利商店，他就突然攻击我……我想逃走，结果他就……”

爱美浑身颤抖，似乎是想起当时的情况。

“……医师，设置好静脉管路了。”

东野低声报告。

“请从侧管注射抗生素，还有，请准备缝合包与局部麻醉。”

东野听完秀悟的指示，颔首回应。东野不愧是资深护士，情绪已经平稳下来。相较之下，佐佐木却是躲在麻醉机的后方，全身抖个不停。

“我立刻准备，不过……之后该怎么办？”

东野将声音压得更低。

“……总之，我们先暂时听从那个男人的指示。”

秀悟一边注意小丑一边说道。

“喂喂喂，你们在说什么悄悄话啊？”

小丑语气焦躁，慢慢靠了过来。

“我在指示护士准备治疗所需的器材。”

“哈，你嘴巴上这么说，其实是在偷偷商量怎么报警吧？”

“我不会报警的，相信我。”

秀悟语气平缓地说，小心翼翼不去刺激小丑。

“鬼才信。你们要是报警就走着瞧，所有人都别想活着走出医院。”

“……我明白了，但能否请你解释一下情况？我现在一头雾水，实在没办法着手治疗。”

“情况？你要我解释情况呀？好啊，就告诉你好了。”

小丑男愉快地说完，便从外套口袋中取出智能手机，开始操作。

他到底想做什么？秀悟紧皱眉头，此时男人得意扬扬地亮出手机画面。

液晶屏幕显示出影片。小丑男似乎在手机上开启了单波段[1]电视程序，上头播放着新闻节目。女播报员单手拿着麦克风唾沫横飞，看起来有些激动。

“……再次重复。稍早晚间八点三十分左右，调布市发生一

---

[1] 原文为ワンセグ（One Seg），是日本地面数位电视广播服务之一，提供手机、行动装置上的行动电视服务。

起抢劫案件。一名男性歹徒闯入便利商店，疑似持手枪射击，并夺走店内财物。本台目前收到情报，男性歹徒头戴面具，逃脱之际挟持了一名女性。警方已调动大量警察追查歹徒下落，现阶段尚未查获其行踪。这起枪击案件发生在宁静的住宅区，周遭居民因此难以入眠……”

小丑关闭手机画面，播报声随即消失。手术室顿时陷入一片死寂，静得耳朵生痛。

小丑戏谑地耸耸肩：

“我不小心失手了，总之麻烦让我在这儿躲一阵子吧。”

秀悟拉起尼龙线，一针一针合上白皙皮肤上的伤口。他将丝线打上外科结，用组织剪剪去多余的线头，并且大口吐出气息。

秀悟已经在这间手术室待了将近一个小时，这段期间，他为爱美的伤口进行了局部麻醉，清除枪击造成的坏死组织，并且缝合。

一般缝合皮肤只要花上数分钟，不过秀悟特意采取皮下缝合的方式，以细线仔细缝合皮下组织，尽可能将伤口处理得漂亮一些。这么做除了伤者是年轻女性，秀悟更想借此争取更多时间思考接下来的对策。

秀悟将尼龙线穿过持针器上的针头，并且用余光观察小丑。小丑背靠在手术室入口附近的墙上，凝视秀悟等人的情况。他依旧戴着那副笑容扭曲的面具，看不清他真正的表情，感觉着实诡异。

“喂喂喂，你还有心情看我啊？你真的救得了那个女人吗？”

“没问题，再过五分钟就能做完手术处理。”

小丑听秀悟说完，便松了口气。

“看你这么担心她，一开始怎么会对这位小姐开枪？”

“我本来就没打算开枪。我刚踏出便利商店，马上就听到巡逻车的警笛声。大概是店员看我走出去，立刻就报警了。我想着保险起见，打算抓路过附近的女人当人质，结果这家伙突然大声尖叫，挣扎个不停，我下意识地就给了她一发子弹。”

秀悟听了小丑的解释，不禁皱眉。他的行动实在太草率了。

“那女人腹部流出一大堆血，倒在地上。那女人要是挂了，我不就变成杀人犯了？万一再被警察抓到，我搞不好会被判死刑。我一想到这里，只好赶快把她塞进车里，到处找医院。我好不容易才搞到钱就捅出这娄子，真是够了。”

小丑焦躁地咂舌。秀悟望着小丑，抿紧双唇。这个男人的行动模式完全是顾前不顾后，根本无法推测他接下来会有什么举动。

“不对，我干吗跟你说这么多废话啊？快点治好那女人。”

小丑仿佛突然回过神，不满地说。秀悟点点头，再次专注在伤口上，继续缝合。

“……这个……会不会留疤？”

爱美躺在手术台上，胸口盖着绿色的无菌布，不安地询问。秀悟望向爱美的脸蛋，微微睁大双眼。

由于刚才情况太过紧急，秀悟现在才发现，无影灯下的爱美实在美丽极了，令他忍不住看出神。她的神情犹如昙花般脆弱，仿佛轻轻一碰就会毁坏，激起秀悟的保护欲。

略带茶色的湿润双眸使秀悟产生错觉，自己像是逐渐被吸进那双眼瞳之中。

“呃，不会……没问题。我已经尽可能缝得很漂亮了，愈合之后应该看不太出疤痕。”

爱美听完秀悟的解释，如同花儿一般绽放笑容。整个房间瞬间明亮起来。一丝蔷薇的香气掠过他的鼻腔，可能是她身上擦了香水？秀悟甩了甩头，将意识集中在缝合上。

数分钟之后，秀悟完成缝合，从东野手中接过无菌纱布覆盖在伤口上，再以胶带固定。

“手术结束了，有办法自己起来吗？”

秀悟掀起无菌布，开口问道。爱美有些畏缩地撑起上半身，姣好的脸蛋一瞬间痛苦地皱了起来，但她还是勉强坐在手术台的边缘。爱美的内衣全露了出来，她害羞地用两手遮掩胸口。东野从柜子里拿出衣摆稍长的住院服为爱美披上。

“这里只有这种衣服能穿了。”

“谢谢您。”爱美将手穿过住院服的袖子。

秀悟将持针器与镊子放回器械台上，再次面向小丑。

“我已经按照你的要求治好她了。你应该没必要继续待在医院里，请马上离开。”

秀悟语气死板，小心不暴露自己的紧张。

“噢，帮了大忙了。不过呢，我还不能离开这里。”

小丑晃了晃握着手枪的手。

“为什么？！我们都照你说的做了呀！”

佐佐木突然从麻醉机后方跑出来，歇斯底里地大喊。下一秒，小丑将枪口指向佐佐木。佐佐木发出微弱的悲鸣，抱住头跌坐在地。

“大姐，少给我大吼大叫！你找死啊！”

小丑对佐佐木怒吼，只见佐佐木将身体缩得更小，简直像只丸子虫。

“对不起，我代替她道歉，麻烦你冷静点。能否请你告诉我，你为什么不能离开医院？我会尽可能达成你的要求。”

秀悟急忙说道。小丑依旧站在入口附近，视线从佐佐木转移到秀悟身上。

“喂，混账，你真以为我这么蠢啊？我要是现在离开医院，你们立刻就会找警察来抓人吧。”

“我们才不会报警！”东野之前始终保持沉默，此时她终于开口，“假如你担心我们报警，我们可以把手机交给你，甚至可以剪断医院的电话线再走啊。”

“当然，我要走的时候就会这么办。不过晚上那些警察还在到处乱窜，我至少要在这里待到早上。就是这样，麻烦你们收留我一晚啦。”

小丑轻佻地说。秀悟面对眼前的小丑，咬紧下唇。

“喂喂，不需要这么紧张吧。一个晚上而已，只要你们不作怪，我也没打算伤害你们。让我们好好相处吧。”

小丑发出低沉含糊的笑声。此时，秀悟忽然察觉，有一道人影站在小丑身后的走廊里。

秀悟仔细一瞧。小丑挡在出口前，所以看得不是很清楚，但的确有人站在走廊里。到底是谁？这间医院除了自己和两名护士之外，应该没有其他员工了。该不会是住院患者在院内徘徊，不小心晃到这里来了？但是院内的患者应该只有少数人能够自行活动……

人影移动得非常缓慢，但确实在逐渐接近手术室。秀悟终于看清了对方的模样。他睁大双眼，拼命吞下差点喊出口的惊呼。秀悟认得那个男人。那是一个中年男人，他身穿白袍，头顶全秃。正是这间医院的院长——田所三郎。

为什么院长会在医院内？院长平时在值班医师抵达之前就会回到家中，秀悟也只见过院长几次。印象中，院长室是在五楼。他可能是今天刚好留在院长室内，察觉医院里的异状，所以才下来察看的？

田所神经紧绷，一步步通过走廊，他的手中似乎还握着高尔夫球杆。当秀悟察觉这点，他的双眼瞪得更大了。小丑正露出愚弄般的眼神看着秀悟等人，完全没注意到身后的田所。院长终于来到手术室附近。他只要从那里使劲挥动球杆，就能一杆打中小丑包覆在面具里的头部。

上啊！解决他！秀悟在内心大喊，握紧双拳。田所咬紧牙根，高高举起球杆。

下个瞬间，一股爆炸声震动手术室中的空气，声音大得能炸开耳膜。秀悟下意识用手遮住耳朵，咬紧双唇。

正当球杆即将落下之际，小丑忽然回过头，朝着田所开枪。田所失手放开球杆，发出不成声的惨叫，向前倒地，并且用力按住自己的右脚。

"……你在搞什么飞机？"

小丑俯视跪倒在地的田所，将冒着丝丝白烟的枪口对准田所的头部。

"你是谁呀？"

"……我是这间医院的院长。"田所从紧咬的牙间挤出声音。

"院长？所以院长大人是打算自己保护这间医院啊，真伟大呢。不过呢，你既然是院长，就代表你也是医生吧？医生总该知道，用高尔夫球杆打人的头会怎么样吧？"

小丑的手指扣在扳机上。田所松弛的脸皮因恐惧而扭曲。

"你要是用那种鬼东西打我的头，一不小心就会打死我啊！"

"住手！"

秀悟见小丑的手指即将扣下扳机，反射性地大喊出声。"啊？"小丑开口威吓，目光与枪口转向秀悟。

"这边的小姐刚得救，你好不容易才摆脱杀人犯的污名。你要是现在对院长开枪，一切就全白费了。"

秀悟扯高嗓音说道。

"啊？这家伙想杀掉我耶。我干掉他，顶多叫作那个什么……

正当防卫吧？”

“这种情况下，你是不符合正当防卫条件的。假如你杀了院长，一旦被逮捕就是死罪一途。”

秀悟半是赌气地继续说。他其实没自信自己的说辞能说服这个男人。

“……你说的是真的吗？”

小丑一瞬间似乎退缩了。秀悟没漏看这点。

“钱！”

“啊啊？你鬼叫什么？”

秀悟大喊一声。小丑莫名其妙地看着他。

“你是因为要钱才去抢劫超市吧？等待室应该还有一些钱，不过只有院长知道钱摆在哪里。所以你不要杀他！”

秀悟一口气喊完，气喘吁吁地等待小丑接下来的反应。

小丑沉默数秒，面具上露出的双唇缓缓弯起。

“噢噢、噢噢，什么啊，还不少嘛。”

小丑抓着十几张钞票，愉快地说道。

秀悟等人在小丑的催促下，从手术室移动到外来患者等待室。而院长虽然中枪，不过子弹似乎只擦过表皮，他还能勉强拖着伤脚移动。方才秀悟看到的等待室还笼罩在昏暗之中，现在则是充满日光灯的光亮。

数分钟前，小丑命令秀悟等人坐在等待室的沙发上，接着指示院长去取钱。院长神情紧绷地从接待柜台中取出手提金库，解开上头坚固的挂锁，将金库里的现金递给小丑。

“钱已经给你了，这样就够了吧。快点离开我的医院。”

田所低吼似的说道。

“放心吧，天一亮我就会离开了。”

“……早上五点会有厂商送来患者的早餐材料，厨师们也会抵达医院。假设到时候让他们察觉异状，他们会报警的。”

田所说完，原本兴奋不已的小丑顿时绷紧嘴角。

“……五点吗？”小丑悄声说道，“好，那我就在这里待到五点为止。你们在那之前可别想着要逃跑或报警啊。”

“我明白了。相对地，你要发誓不会伤害我们或是患者们。”

“可以呀，我本来就不太想乱杀人，只要钱到手就够了。只是呢……”

小丑瞪向秀悟等人，仿佛用眼神威胁他们：

“我是死也不打算进监狱，你们如果报警让警察包围医院，或是有任何人打算逃跑，我就会一口气干掉你们，还有所有住院的患者，然后再自杀。”

佐佐木弯着腰缩在沙发上，发出微弱的呻吟。

秀悟感觉有人拉了拉自己的白袍。他一看，身旁的爱美脸色苍白地抓住他的白袍袖口。

“放心吧，没问题的。”

秀悟静静地说道，爱美僵着脸，点了点头。

“我接受你的所有要求。毕竟我的工作不是逮捕你，而是保障患者与员工的安全。我们的利害关系一致，你不需要担心。”

田所坚决地对小丑说道，此时的他看起来实在很可靠。

“院长大人，你可别背叛我啊。”

小丑将手枪举到侧脸旁，轻佻地说。双方交涉成功，众人的安全暂时获得保障，剑拔弩张的气氛随之放松了些许。

还有七个小时左右，只要这段期间不发生任何意外，小丑就会离开，众人能再次回到日常生活中。秀悟侧眼观察佐佐木的情况，他最担心的就是她。佐佐木看似早已到达忍耐极限，不知道还能不能再忍七个小时。

“我有个请求。”田所突然开口说道。

“院长大人，什么请求呀？”小丑晃了晃握着手枪的手。

“可否让两位护士回到楼上？这间医院里的大部分患者没办法自己翻身，我们每隔几个小时就必须为这些患者翻身，不然他们会得褥疮、压疮的。”

“喂喂喂，院长大人呀，你明白自己现在是什么立场吗？一个晚上没翻身也不会死吧？”

“人只要一个晚上不翻身就会患上褥疮，视情况还可能引发感染，危及性命。”

“什么啊，太麻烦了吧。”

小丑大声咂舌，缓缓环视等待室一圈。

“……那是什么？”

小丑指着楼梯口的铁门栏。

“这间医院以前是精神科医院，那是当时使用的铁栅栏。”

“原来如此，精神病院，所以才会连窗户都设了铁窗……顺便问一下，医院里只有那个电梯跟楼梯吗？”

“……没错。”院长答道。

小丑冷哼了一声。

“好，决定了。你们几个就乖乖待在上面。”

“……什么意思？”院长问道。

而小丑拿起金库上的挂锁：“你们全都去了楼上后，我就用这玩意儿锁上栅栏，然后我只需要监视电梯就行了。你们待在楼上，随便你们要干啥就干啥。我就在一楼看守，让你们下不来就成了。”

“要是我们下来的话？”秀悟不自觉地问道。

“还用得着我说吗？”小丑瞪着秀悟，举起了枪。

“你们要是下来一楼、逃跑或是报警，就等着没命吧。不只是你们自己，住院的患者也一起上西天。”

小丑似乎是得意了起来，开始变得多话。

“我会在早上五点之前跟这间医院说再见，到时候你们就自由了。”

小丑举止夸张地耸了耸肩。

3

“我认为应该报警。”秀悟低声说道。

田所立刻对秀悟投以尖锐的视线。

秀悟一行人遵照小丑的指示走上二楼之后，五人将铁椅搬到透析室的中央，排成一圈，开始商量接下来的行动。

“不行，假如我们报了警，不只是我们，甚至会危及患者。”田所态度强硬地说。

东野和佐佐木则是点头附和。

“就算我们老实等着，也不一定能保证我们的安全。那个男人搞不好打算在逃离医院之前先解决掉我们啊！”秀悟否定了田所。

“那个小丑杀了我们也得不到任何好处，他何必这么做？”田所的语气开始显得焦躁。

“理论上确实是如此，但我的意思是：我们没办法推测那个男人的行动。那家伙抢劫之后不但随便对女性开枪，挟持她当人质，最后又不知道怎么善后，只好闯进医院里，他根本做事不顾后果的。”

院长听完秀悟的解释，一脸严肃地沉默不语。东野、佐佐木以及爱美只能望着僵持不下的秀悟与田所，神情满是不安。

“现在一楼只有那个男人。假设警方派出特种部队，一定能不惊动那家伙，悄悄接近并且制伏那家伙。这么做应该比较安全。”

秀悟乘胜追击。

田所使劲抓着自己光秃秃的头顶，头皮反射日光灯的亮光，看得出上头多出几条红痕。

“速水医师，你的想法太乐观了。那个男人也有可能一发现警察包围医院，就自暴自弃地到处追杀我们或患者。”

这次轮到秀悟语塞。

“……速水医师，不好意思。我是这间医院的院长，麻烦你听从我的指示。”

“现在跟是不是院长有什么……”

“那么来进行表决吧。”田所打断秀悟，这么说道，“有人赞成我的意见吗？”

经过短暂的沉默之后，东野与佐佐木畏畏缩缩地举起了手。爱美缩着身体，来回望向秀悟与田所。

“那个，你是川崎小姐吧。你赞同速水医师的意见吗？”田所温和地询问爱美的意思。

爱美低着头，摇了摇虚弱的头。

“我……我不知道。我只是莫名其妙卷入这件事，现在还搞不清楚具体情况……我只想回家……”爱美的低喃细若蚊蚋。

田所同情地点了点头，重新面向秀悟。

“所以现在是三人赞成，一人反对，一人弃权。那么按照民主制度的惯例，速水医师，麻烦你听从我的指示。这种时候自己人内讧是很危险的。”

什么鬼民主制度，田所根本一开始就确定两个护士会站在他那里，才搞出这场表决。秀悟在心中暗自抱怨。

“那么很抱歉，速水医师，为了以防万一，请你把手机交给我。”

“……有必要这么做吗？”秀悟皱起眉头。

“我必须谨慎行事。也请你们将手机交给我保管。”田所对护士们说完，接着看向爱美。

“那个，你的话……”

“我被攻击的时候就搞丢了手提包，手机在手提包里……”爱美仍旧低着头。

“原来如此。川崎小姐，很遗憾您这次受到牵连，不过请您放心，只要您还待在这间医院，我会极力保障您的安全。等到早上，您就能平安回家。”

田所循循善诱地对爱美说道。秀悟见状，心中升起一股难以言喻的心情。根本没人知道情况会朝什么方向变化，这种情况哪里能有什么“保证”？

秀悟凝视低着头的爱美。从侧面望去，更凸显她线条俏丽的鼻尖与柔软双唇。

“我去拿智能手机过来。”秀悟微微甩了甩头，站起身。

爱美抬起头，对秀悟投去无助的眼神。

“……我马上就回来。”秀悟仿佛想逃离爱美的眼神，转身走向值班室。

秀悟回到值班室后，大叹一口气。他一踏进这个空间，就觉得像是回到自己的领域。他走近窗边，打开雾面玻璃窗，眼前出现一道铁窗。秀悟抓住铁栅栏，试着前后摇动。不过栅栏不动如山。

看来是没办法从窗户逃脱。秀悟放弃这个选项，关起窗户，拿起枕头边的智能手机。此时，他忽然僵住不动。

不报警真的没问题吗？这里谁也看不见，他只要现在打电话报警就行了。

秀悟触碰智能手机的屏幕，开启电话程序，快速输入“110”。接下来只要轻触“通话”键，就能通知警察。

秀悟微微颤抖的指尖逐渐靠近屏幕，强烈的踌躇念头在胸口盘旋着。

正如田所所说，报警之后更可能使众人暴露在危机之中。他真的应该报警吗？

下一秒，小丑狂妄的笑容穿过秀悟的脑海。他咬紧牙根，按下“通话”键，智能手机却毫无反应。

“咦？”

秀悟愣住，重复眨眼数次。怎么会打不通？秀悟又按了几次“通话”键，赫然发现屏幕上方标示电波的符号显示是“×”。

没信号？秀悟皱起眉头。这间医院的手机收讯确实不太好，但应该不至于没信号。到底为什么？秀悟摇了摇手机，心里升起不祥的预感。此时背后忽然传来开门声，秀悟下意识地回头看去。

“……速水医师。”田所站在房门内，语气低沉地呼唤秀悟的名字。

“呃……哦哦，院长，怎么了？”秀悟握着智能手机的手臂轻轻放下，扯开嗓子说道。

“没什么,只是你去太久了,我有点担心,这才过来看看情况。”

田所是单眼皮,眼睛本就显得细小,现在因为质疑而眯得更细。

“我一时忘记智能手机放在哪里，花了点时间找。原来是塞进背包底层了。”

“是吗？那么不好意思，请将手机交给我。”田所朝秀悟伸出手。

秀悟犹豫了半刻，才将手机放在田所肥胖的手掌上。田所的嘴角下垂，肥壮的身体转回门外，拖着伤脚走回透析室。秀悟则踩着沉重的脚步尾随在后。

他和田所一起回到透析室，便见到东野和佐佐木也各自拿着自己的手机。她们应该是从护士站拿来的。

“那么就由我保管所有人的行动电话，有任何问题吗？”

田所确定护士们都点头答应后，看向墙上的时钟。

“只要再忍耐六个半小时。希望大家能配合，在这段期间尽量不要刺激那个男人。接下来，请东野小姐跟佐佐木小姐先去巡视各层楼的患者。万一有患者察觉骚动感到不安，请找理由蒙混过去，再让患者服用安眠药。”

两名护士回答：“好的。”接着两人站起身走向楼梯。

田所再次面向秀悟和爱美。

“我也跟她们一起去巡房，就请两位在这里稍等。”

“呃……不，巡房的话应该是由我……”

秀悟正要起身，田所举起手挡在他面前。

“不，速水医师，请你留在这里。”

“为什么？我才是值班医师……”

“住院患者的主治医师是我，我必须对患者们负起全责。我不在医院的时候当然可以交给值班医师负责，不过现在我本人在场，又碰上这种异常情况，应该由我负责巡房才是。唉，我居然刚好选在这种时候加班检查诊疗报酬明细，真是不幸中的大幸。”

“是吗……”

秀悟心不在焉地答道，他觉得似乎有哪里不对劲。

“更何况，速水医师的患者就在那里呀。”田所望向爱美。

爱美则是指着自己，低喃道：“您说……我吗？”

“您接受了速水医师的手术，也就是说，速水医师有义务好好照顾您。”

这番话确实有点道理，不过田所的态度着实有些古怪。秀悟默默盯着田所。

“那么，就请两位小心别惊动那个男人了。”

田所说完，便跟在两名护士身后，双手抓住扶手，一步步拖着伤脚走上阶梯。

秀悟的视线茫然地扫过宽广的透析室。刚才已经打开透析室的空调，室内稍微变得暖和一些，看来是不需要点燃放置在各处的煤油暖炉了。

整个空间只剩下两个人，空气中渐渐充斥着静默。只见爱美的神情忐忑不安，沉默不语。秀悟心里一阵尴尬，在椅子上隐约挪了挪臀部，并朝爱美投以目光。

秀悟想主动搭话，然而他完全想不到话题，只能干着急。

“那个……”爱美轻声低语道。

“呃，是！”秀悟没料到爱美会主动开口，回答的声音顿时高了八度。

“刚才真是非常谢谢您。”

“咦？谢谢是指……”

“谢谢您帮我做手术，救了我一命。”

爱美脸上浮现淡淡的笑容。

“不，你只是被子弹贯穿皮肤跟肌肉而已，原本就不会危及生命。”

“是吗？但是，我还是很害怕。那个小丑突然就攻击我，还开枪打了我的肚子……流了好多血，肚子也很痛……他把我推进车里的那个时候，我真的以为我会就这样没命。”

爱美描述到一半，似乎想起当时的感受，再次低下了头，肩膀微微颤抖。秀悟不知道该如何安慰她，只能默默凝视着爱美。

“所以，当您在手术室里对我说‘没问题’的时候，我真的非常开心。”

爱美抬起头看向秀悟。秀悟见到那对圆润眼眸直视着自己，心脏猛地一跳。

“请让我向您道谢。真的非常谢谢您救了我。呃……”

爱美没有移开目光，疑惑地歪了歪头。

“速水，我叫作速水秀悟。”

“速水医生吗？我是川崎爱美……啊，刚刚已经自我介绍过了呢。”

爱美羞涩一笑，缩了缩头。

“你其实不需要加敬称。”

“是吗？那就容我直呼你为秀悟了，也请你叫我爱美就可以了。”

秀悟见对方突然直呼自己的名字，不禁有些慌张。

“啊，不好意思……”

“不会，别在意。”秀悟急忙说道。

“太好了。”

爱美露出微笑。秀悟望着她的笑容，暗自困惑。她深陷困境，为什么还能摆出这种态度？不，或许正因为是这样的窘境，她才刻意装出开朗的模样，以便掩饰自己的恐惧。

“秀悟是在这间医院工作吧？”

爱美问，语气变得相当亲昵。

“其实不是，我平常是在附近的综合医院工作，偶尔才会来这间医院轮班。”

“原来如此，你是哪一科的医生呢？”

“外科，不过我现在跟五年级的见习医学生差不多。”

“你都治得好我的伤了，怎么会像见习生呢？”

爱美脸上闪过一丝阴霾。

“我在手术室一看到自己的伤口，就觉得会留下很大的疤，不知道该如何是好。那时候明明连自己能不能活下来都不知道，很奇怪吧？”

“不，没这回事……”

“可是秀悟帮我治好那么大的伤口，还说会缝得很漂亮。真的很谢谢你。”

爱美使劲低头，秀悟都能直接看到她的发旋了。他按了按太阳穴，心里泛起一丝罪恶感。

他确实尽力将伤口缝合平整，但依然会多少留下痕迹。该不该建议她等到伤口痊愈之后，请整形外科医师进行疤痕整形手术……秀悟暗自思考着，此时爱美抬起头，开口说道：

“我们应该很安全吧？只要等到早上，那个小丑就会消失到别的地方了，对吧？”

爱美再次恢复成忧心忡忡的语气。她果然在勉强自己。

“是啊，我们一定会没事的。”

秀悟的语气坚定，小心翼翼不暴露自己的不安。

爱美怯懦地低喃：“真是这样就好了……”

“呃，爱美小姐还是学生吗？”

秀悟眼见气氛再次沉闷了起来，便开口找爱美聊天，改变氛围。

“啊，是的，我还是学生。我在附近的女子大学就读教育学系。”

“那就是说，你将来会成为学校的老师吗？”

“是啊，我想去小学当老师。”

“这样呀。嗯……还是大学生的话，现在应该是二十岁左右啰？”

为什么自己只想得出这种联谊时才会聊的话题？秀悟的自我厌恶压得他的脸微微抽筋。

“其实我才十九岁而已。”

“呃，是吗？”

“怎么了？我看起来很老吗？”爱美不满地噘起双唇。

“不，我不是这个意思，只是你看起来很成熟……”秀悟连忙辩解。

爱美见状，则是淘气一笑。

“开玩笑的。我如果不化妆，会看起来年纪很小，我甚至还曾被误认成高中生。我不想老是被误会，才刻意把妆画得成熟一点。”

“可是你看起来实在不像高中生啊？”

“这是化妆的魔力哦。女人只要化了妆，就能变成另一个人呢。”

爱美半开玩笑地抛了个媚眼。她娇媚的举动，让秀悟忽地心跳漏了一拍，连忙从爱美身上移开目光。此时，秀悟突然察觉视野的一角有某样东西。

那是……秀悟站起身，走向房间的角落。角落的墙壁上装有一台内线电话。

为什么他没想到？就算手机没信号，只要用内线电话连接到外线……

秀悟的手伸向话筒。他不打算马上报警，只是想先确认电话可否正常使用，以防万一。

当秀悟拿起话筒的瞬间，他瞪大了双眼。

话筒连接话机的电线被人剪断了，垂在脚边。

“怎么会？”秀悟拉起电线，失望地低喃。

“……院长刚才趁着秀悟去拿手机的时候剪断了电话线。”

秀悟僵在原地。爱美走到他身旁，如此说道。

“为什么要这么做？！”秀悟按捺不住，放声大吼。

爱美吓得浑身一震。

“那……那个，院长说是‘避免有人报警，以防万一’……我觉得没必要做到这种地步，可是没办法阻止他……对不起。”

“呃，不，我不是在责怪爱美小姐，只是……”

这未免太过头了。秀悟凝视着断掉的线头，猛然抬起头。田所等人去楼上之后已经超过十分钟，他们可能也在其他电话机上动相同的手脚。

田所到底为什么要做到这种地步……？

此时忽然有人拉扯秀悟的白袍，打断了他的思绪。

“怎么了？”秀悟看向爱美。

爱美正抓着秀悟的白袍衣袖。

“刚才那个……你有听到吗？”她的声音微微颤抖。

“听到？听到什么？”

“好像有人在呻吟，声音是从楼梯那边传来的。”

爱美指向楼梯。

“不，我什么都没听见……你听错了吧？”

“我的听力很好，才不会听错。那个绝对是男人的呻吟声，该不会是院长出了什么事？”

爱美拉起秀悟的手，带他来到楼梯附近。

应该是风声之类的声响？秀悟仔细聆听。此时，一阵细微的声音隐隐拨动耳膜：“啊……啊啊……啊啊啊……”秀悟倒抽一口气。

“又来了！听见了吗？”

“……听见了。”

爱美激动地对秀悟说，秀悟则迟疑地点头。他确实听见声音，那似乎是男人的哀号。

院长遭到攻击了？那个小丑这么快就反悔了？秀悟再次面向身旁颤抖不已的爱美。

“爱美小姐你在这里等着，我去看看情况。”

“不要！”爱美立刻大喊，“我绝对不要一个人等！”

“可是那边可能会很危险……”

“待在这里一样会很危险呀！不要丢下我一个人！”

爱美呼吸凌乱，极力表达自己的不愿意，她抓住白袍的手甚至浮出青筋。

“……我知道了，那我们一起过去吧。”秀悟犹豫了十几秒，最后这么说道。

爱美大大松了一口气。

“但你要小心点，不要离我太远。”

秀悟见爱美点了点头，便一步步踏上阴暗的楼梯。心跳逐渐加速。爱美腹部隐隐作痛，眉头微蹙，但仍旧缓慢地跟在秀悟身后。

“……东野小姐？”

秀悟抵达三楼后，探头查看护士站，并且低声呼唤东野的名字。然而护士站里不见东野的身影。

她去巡房了吗？正当秀悟这么想时，某处再次传来呻吟声。秀悟与爱美望向声音传来的方向——走廊的深处。

秀悟吞了口口水，迈开步伐。

“要过去吗？”爱美的表情显得惊恐万分。

“假如那是院长的声音，我得赶快过去帮他。爱美小姐可以在这里等……”

秀悟还没说完，爱美便拼了命地摇头。

“要我一个人待在这里，还不如一起过去。”

“那我们走吧。”

两人每往前走一步，声音就更近一些。下一秒，两人见到前方数米处，有一只手臂从某间病房里伸了出来。爱美惊呼一声。那只手臂抓挠空气，仿佛在求救，同时再次发出呻吟。

有人倒在那间病房里！秀悟从短暂的僵硬中解放，大步奔上前。

“等，等一下……”秀悟身后传来爱美的脚步声，她也追了上来。

秀悟探头查看病房，随后全身顿时僵硬，倒在病房里的不是田所，而是一名穿着住院服的中年男人。男人趴伏在地，并向秀悟伸出手。在紧急照明昏暗的光芒映照下，秀悟能看出男人的手臂正在流血。他一定是拔掉了点滴。

“这……这个人是……”爱美躲在秀悟的背后，低声问道。

秀悟立刻指向一旁空荡荡的病床。

“他是住院的患者，可能是他自己把点滴拔掉后跑下床了吧。”

秀悟看向挂在病床边的名牌，上头写着“新宿 11”。他的唇角垮了下来。

“这个‘新宿 11’是什么意思呀？”爱美疑惑地问道。

“……是他的名字。”

“咦？是名字……”

“凡是来历不明的患者，我们会以发现他的场所及编号来称呼他，直到找到他的身份为止……‘新宿 11’代表他是这间医院第十一位身份不明的患者，而发现他的地点是在新宿。”

爱美听完秀悟的说明，便怜悯地注视着那名趴伏在地的男人。男人依旧对着秀悟两人伸出手，试图向两人求救。

“你没事吧？听得懂我说的话吗？”

爱美跪在男人面前，主动向他搭话。男人却只吐出一些无意义的单字。

“他应该是得了失语症，没办法说话。看他左半身出现麻痹症状，可能是脑中风患者。”

秀悟模仿爱美，跟着跪在男人身旁。

“身体有哪里痛吗？”

男人的头部微微动了动，似乎是在点头。看来他的症状并非完全的失语症，而是表达型失语症，他可以正常理解语言，但无法用语言表达自己的意思。

秀悟转头看向走廊。

“护士们到底去哪里了？我想知道这名患者的资料啊。”

“那个……要不要我去找找看？”

秀悟焦躁地低声抱怨。爱美见状，怯生生地提议。秀悟一瞬间打算拜托她，但是马上就打消念头。那个小丑还待在医院里，最好别让爱美单独行动。

“不，没关系。我们先把这名患者扶回病床上，等一下再一起去找护士。”

秀悟观察那名仍旧呻吟不断的男性患者。他的身材还不到骨瘦如柴的地步，但相当矮小。秀悟应该勉强能独自将他搬上病床。

“总之我们先回病床上。我现在要让你躺好，等一下再抱你起来。”

秀悟对男人解释，并将手伸入男人的腹部下方。一股湿黏的触感随即爬满右手，秀悟皱起脸。该不会是摸到呕吐物或是尿了？秀悟暗自后悔没事先戴上手套，并且缓缓翻过男人的身体。接着，男人忽然大声哀号。

爱美看见男人的躯体，惊呼一声。

男人身上的住院服左上腹位置渗出红黑色的污渍。秀悟下意识地看向自己的右手，紧急照明灯光相当昏暗，但他仍然能清楚看见自己的手掌被染得鲜红。

是血？秀悟急忙解开男人的住院服检查，男人的左侧腹裂开一条大缝。

“手术后的伤口……？”秀悟轻声低喃。

那是一条斜行的直线伤口，显然是手术刀切开的痕迹。这个人很可能是这几天才接受过手术，而现在术后伤口大大地裂了开来。

秀悟观察汩汩渗血的伤口，突然察觉异状。

“缝线……断了？”

秀悟喃喃自语，拼命想厘清现在的情况。

“……这名患者最近刚接受过手术，然后有人剪断缝线，还给予伤口冲击……他应该是出手殴打了伤处……”

爱美听见秀悟的低语，瞪大双眼。

“是谁这么过分？！”

秀悟无法回答爱美的疑问。

是那个小丑吗？可是那个男人应该还待在一楼，更何况他没理由伤害住院患者。

秀悟甩了甩头，甩开脑中的疑问。现在没时间思考原因，必须赶快为患者治疗。

秀悟站起身，用干净的那一只手牵起爱美。

“我们回护士站吧。”

“要丢下这个人不管了吗？”

“我必须先准备器材才能为他治疗，而且人手不够，要先去叫护士过来才行。”

秀悟急促地解释，同时牵着爱美的手回到走廊，走进护士站。

“东野小姐！佐佐木小姐！院长！”秀悟从药柜取出袋装的生理盐水，并且声嘶力竭地大喊。

这么做或许会惊动小丑，但现在最要紧的是凑齐人手。

爱美犹豫了片刻，也开始大声呼叫：“护士小姐——！”

数十秒后，秀悟准备好点滴管、点滴针、生理盐水袋等器材，放在器械托盘上，此时他才听见楼梯处传来脚步声。秀悟抬头一看，东野和佐佐木板着脸奔下楼梯。

“您在做什么！叫得那么大声，万一让那个小丑听见了怎么办？”东野冲进护士站，涨红脸激动地说。

“你们才是跑去哪儿了？！说是要去巡房，结果根本找不到人啊！”秀悟严厉地质问两人。

东野和佐佐木见状，神情一僵。

“因为……因为佐佐木说一个人巡房很恐怖，我们才两个人一起从四楼开始巡。对不对？”

东野转而问向佐佐木，佐佐木一个劲地直点头。秀悟盯着两名护士，眉头深锁。不知为何，他感觉这两人的言谈举止有些问题。

“里面那间病房有患者摔倒，必须立刻治疗他。”

秀悟如此一说，东野便耸了耸肩，仿佛在说：“原来是这种事，大惊小怪。”

“这里偶尔有患者到处徘徊，或是不小心睡在地板上，更何况……”

“……新宿 11。”东野话还没说完，秀悟低声插了嘴。

东野闭上嘴，眨了几次眼。

“您……刚刚说什么？”

“新宿 11，倒下的患者是新宿 11，而且他不只是纯粹跌倒，腹部正在大量出血。”

东野与佐佐木不自觉地发出无声的惊呼。秀悟见到两名护士的态度，他能肯定：这两个人一定知道内情。

“你们知道些什么吧？那名患者到底是谁？”秀悟质问道。

东野则是畏畏缩缩地张开肥厚的嘴唇：

“不，我们只是……总之先去看看情况吧。”

东野狼狈地逃向走廊。秀悟拿起托盘，和爱美一起跟在东野身后。

他们一抵达病房，只见东野僵在原地，傻傻地望着那名腹部出血、呻吟不断的男人。

“这究竟是怎么一回事？”秀悟开口追问东野。

东野仿佛颈椎关节生了锈，动作僵硬地回过头。

“这个人是这间医院的住院患者……”

“这我早就知道了，我是问这名患者为什么会腹部出血倒在地上？”

“我怎么可能知道啊！”东野高声尖叫，使劲摇头。

“你是这层病房楼层的值班护士，怎么会不知道？”

“……别管我清不清楚情况，我先帮他打点滴。他要尽快注射点滴才行。”

东野从秀悟手中抢走托盘，接着跪坐在男人身旁，在他的手臂绑上止血带。

秀悟站在东野身后，默默观察她设置静脉管路。东野要将点滴针刺进男人的手背静脉时，她的动作显得异常笨拙，完全不像是资深护士。她是为了争取时间？还是手指因为紧张而发抖？

良久，东野终于设置好管路。秀悟将生理盐水的水袋接上管路，点滴开始一滴滴往下流。

“那么，请你解释一下。这名患者为什么会变成这副德行？”

“……我不知道。”东野直接避开视线。

“你是今晚的大夜班，原本就负责这层楼，前一个班的护士总会留下交接事项吧？”

“……交接事项里没有关于这名患者的记录。”

“怎么可能没有。这名患者身上留有手术伤口，而且从伤口情况来看，是最近几天留下的。他到底接受过什么手术？”

东野几次回答都含混不清，秀悟的语气渐渐强硬起来。

“他得了肠梗阻。”

秀悟听见背后突然有人插嘴，连忙回过头去。田所不知何时来到秀悟身后，而佐佐木就站在田所身旁。

是佐佐木跑去请田所过来的吗……秀悟瞪着田所。

“前天晚上这名患者突然说肚子会痛。后来诊断出是缺血性肠疾引发肠梗阻，才为他动了紧急手术，切除数厘米已经坏死的大肠。手术是顺利结束了……没想到会发生这种事。”田所装模作样地摇了摇头。

“你说没想到会发生这种事，你为什么知道这个患者伤口裂开？”

田所面对秀悟的质问，无动于衷地说：“我当然知道。”

“手术本身很成功，但是这名患者却在术后出现严重的谵妄症[1]，他昨晚也试图跑下床好几次，闹得大家鸡飞狗跳。明明已经注射过镇静剂了……”

田所面露苦笑，继续说：

“这名患者今天晚上可能也陷入谵妄状态，才会不小心摔下床，刚好撞到伤口。”

---

❶ 谵妄症，一种急性发作的症候群，主要特征为意识清醒程度降低、注意力变差、失去定向感、情绪激动或呆滞、睡眠－清醒周期混乱、时而清醒时而昏睡，经常伴随妄想、幻觉等症状。

不对，不可能是撞到的。伤口的缝线全都是被剪断的，一定是有人故意扯开他的伤口。

“速水医生，谢谢你。”

秀悟正要出口反驳，田所忽然朝秀悟深深弯腰鞠躬。紧急照明的灯光照在他光秃秃的头顶，隐隐反光。

“多亏你发现这名患者的异状，我们才能在情况恶化之前进行治疗。我是主治医师，而东野是负责这层楼的护士，这是我们的责任，所以就让我们为他妥善治疗吧。”

田所过于谦卑的态度反倒令人反感。秀悟双唇紧闭，直瞪着田所等人。

这个男人是叫他“不要继续多管闲事”。秀悟打算咬紧不放，这时却听见细碎的脚步声。

脚步声？秀悟皱眉。现在五个人都在这里，怎么会有其他人？秀悟转过头去，脸颊肌肉狠狠一抽。其他人也和秀悟露出相同的表情。

小丑正从电梯那一侧的走廊缓缓走来，并且一前一后地大力摇晃持枪的那只手臂。空气瞬间凝结。

小丑在距离秀悟等人两三米外的位置停下脚步，枪口瞄准众人。

“你们几个从刚刚开始就吵个不停，到底在干吗？你们的声音都传到一楼来啦。”

“只是小事……不好意思，打扰到你了。”田所语气僵硬地说道。

“只是小事？小事能闹得这么大声啊？你们还挺闲的嘛。”

“有一名住院患者从病床上摔下来，受了伤。我们在帮他疗伤，不小心吵了点，真的很抱歉。”田所低头道歉。

小丑凝视田所，眯起裸露在面具外的双眼，眼中满是疑色。

“……治疗一个摔伤的大叔，有必要所有人聚在一起吗？”

“不，其实只有我跟两名护士就够了，但是速水医师太有责任心，坚持要自己治疗，所以我们才起了点争执……”

秀悟听完田所这番话，不甘心地咬紧下唇。他居然利用这个情况……小丑冰冷的眼神与枪口随即指向秀悟。

“喂喂，我说年轻医生，要听老前辈的话啊。你就老实点闪一边去，让那个秃头去忙就好了，干吗闹到要我出马的地步？”

“……抱歉。”

秀悟勉强从咬紧的牙间挤出回答。他见到枪口对准自己，实在无力反驳。

“明白了就快滚吧。”小丑抬了抬下巴。

秀悟咬紧牙，迈步返回走廊。爱美也跟随秀悟离开。

秀悟来到护士站附近，回过头去，正好看到小丑踏进走廊另一端的电梯里。田所三人则是待在病房里，从这里看不见他们。

秀悟确认小丑的身影消失在电梯之中后，拉起爱美的手，直接奔进护士站。

“秀悟，要做什么？”爱美吓得瞪圆双眼。

秀悟对爱美说："等我一下。"接着小跑步来到护士站里的书架前。书架上放着数十本病历表。秀悟睁大眼寻找，没过多久便找到了目标物。

他抽出其中一本病历表。

"新宿 11"

病历表的封面写着这几个大字。

第二章　第一名牺牲者

1

“那个……秀悟。”

秀悟听见爱美的呼唤，抬起了头。

大约二十分钟前，秀悟与爱美回到二楼，两人移动到透析器的后方。这里是死角，从楼梯看不到这个位置。接着秀悟坐在铁椅上，专心阅读那本标着“新宿 11”的病历表。

“你明白什么事了吗？”

“嗯，是看出不少事……”

秀悟合上病例，长叹一口气。他看完这本病历表确实得知不少事，但心中也浮现同等数量的疑问。

“根据这本病历的记录，这名男性患者是在前年七月晕倒在新宿车站内，意识不清。被人送到附近的综合医院检查，当时似乎是诊断为视丘出血，并引发诸多后遗症，左半身麻痹、失语症以及严重认知功能障碍。”

秀悟说到一半，发现爱美露出迟疑的表情。

“啊，抱歉抱歉，讲太多专业术语你也听不懂。说得简单点，就是那个人当时得了脑中风，留下严重的后遗症。”

爱美立刻点了点头：“啊，原来如此，我懂了。”

“他似乎是流浪汉，原本就逗留在新宿车站附近，身上不但没有证件，后遗症更害得他说不出自己的名字。所以他就在身份不明的情况下接受一个月左右的治疗，等到病况稳定到某种程度之后，才转院到这间医院。”

“所以他已经在这间医院住了两年呀？”

“似乎是这么回事。”

秀悟啪啦啪啦地翻看病历表，点了点头。目前为止没有什么可疑之处。

“他虽然留有严重的后遗症，但只要有人看护，还是可以正常进食，健康情况也无大碍。直到前不久……”

“他最近接受过手术，是吗？”

“前天晚上他突然表示腹部疼痛，接受了紧急手术。医师诊断为 Strangulation Ileus，这种疾病一般被称为绞窄性肠梗阻。不过这些只是病历上的说法……”

秀悟揉了揉太阳穴。

“病历上的说法……所以你发现了什么奇怪的地方吗？”爱美问道。

秀悟则沉重地点了点头。

“是啊，而且是处处都很可疑。”

病历上并没有太大的疏失。但是秀悟是一名外科医师，这份病历在他看来存在不少疑点。

“首先他是在这间医院内进行手术，这点本身就相当异常。这间医院是疗养型医院，是专门让慢性患者接受长期治疗的医院，这里顶多只能进行局部麻醉等级的小手术。但是治疗绞窄性肠梗阻的手术需要接受全身麻醉，一般应该转送综合医院进行手术才对。”

秀悟说着，同时回想起一楼的手术室。这间医院如此老旧，却备有大医院等级的设备。而且不知为何，手术室里摆放着两组手术台与麻醉机……

秀悟皱起眉头。他似乎见过类似构造的手术室，但是他一时想不起是在哪里看过。

“还有什么奇怪的地方吗？”爱美见秀悟沉默不语，开口问道。

“啊，还有从症状出现到手术开始的时间太短了。根据病历上的记录，患者表示腹痛大约是晚间十点半以后，执刀开始则是十一点过后。他们在三十分钟就诊断完毕，决定动手术，接着就直接开刀了。”

“这样算快吗？”爱美疑惑道。

“太快了，即便是人手充足的综合医院，也必须花上其两倍的时间来准备。这看起来简直像是……”

像是事先就预定要进行手术。秀悟眉间的皱纹猛地加深。

“……秀悟？”

秀悟再次陷入沉默。爱美只能不安地窥探秀悟的表情。

“不，没什么……然后我还发现一个令人在意的部分。”

秀悟打开膝上的病历表，病历表内夹着一份手术记录，他低头阅读记录。记录上记载了执刀医师，以及协助医师的护理师姓名。

“根据这份记录，这场手术中负责执刀的医师是院长，刷手护理师❶是东野良子，流动护理师❷是佐佐木香。”

“这……”

爱美细致的眉头垮成了八字眉。

“没错，这些人正好今晚全被关在医院里。”

方才倒在三楼病房里的男人，身上的手术伤口遭人破坏。而现在被监禁在医院里的三个人都与他的手术有关联。这只是单纯的巧合？又或者是……

“这……究竟是怎么一回事？”

爱美低声问道。秀悟摇了摇头，答道：

“我不知道，一切都很莫名其妙。”

“那个……可以让我看看吗？”

---

❶ 刷手护理师，手术室护理师的职种之一，需比照医师进开刀房前的消毒流程。负责工作为适时递上器械、牢记开刀流程，以便协助医师。

❷ 流动护理师，手术室护理师的职种之一，负责工作为准备无菌器械、临时联络、应对手术流程中各种紧急状态等等。

爱美怯生生地伸出手。

“咦？你想看病历表？可以是可以，但我觉得你应该看不懂上面写了什么。”

秀悟将装着病历的文件夹递给爱美。病历表的内容是以英文书写的专业用语，大部分文字很潦草，非医疗人员可能很难理解上面的文字。

爱美打开病历表，神情认真地低头阅读，但就如秀悟所料，她没过多久就面露难色。

秀悟从透析器后方探出头，查看楼梯间。田所等人似乎没有下楼，应该是去治疗那名男患者了。男患者身上的伤口必须重新缝合，他们非常有可能直接开始治疗。

“……咦？”爱美突然疑惑地惊呼。

“怎么了？”

秀悟收回目光，便见到爱美手上拿着一张纸片。

“这是什么呀？”爱美好奇地看着纸片，歪了歪头。

“纸张？上头写了什么？”

“好像是名字，还有奇怪的句子，看不太懂……”

秀悟接过爱美手上的纸张，读完上头的文字，重复眨了几次眼。

“三楼 神崎浩一 山本真之介 新宿 11 明石洋子

四楼 池袋 8 川崎 13 南康生

快去查”。

“这是……”秀悟的双眼扫过纸张上的文字，沉声低喃。

“请问，一般病历表里面会夹着这种笔记吗？”

“不，正常来说病历表里面不会有这种东西。可能只是护士随手夹了张便条……”

秀悟很在意纸张上最后那句“快去查”。

难不成有人看穿我们会来查看这份病历表？这样一来，纸张上记载的这些人名……

秀悟缓缓站起身。

“怎么了？”

“我现在要去楼上，找出这张便条上所有人的病历表。”

“咦？为什么要这么做？”

“我猜留下这张便条的人很可能是犯人，就是他剪开刚才那名男患者的伤口。在这些人的病历表里或许可以查出一些线索。”

“可是……会不会很危险？有必要调查这些事吗？”

爱美的脸上满是不安。

真的有必要调查吗？秀悟自己也不清楚，只是他心中渐渐能够肯定，现在这间医院里发生的事情，绝不只是抢劫犯占据医院。秀悟勉强扯动脸部肌肉，露出笑容：

“没问题的，就只是去楼上而已。”

秀悟侧眼望向楼梯。没错，他只是去找病历表，而小丑还留在一楼，小丑不太可能有机会攻击他。他反而比较需要提防……

脑中浮现出田所与两名护士的脸孔。

秀悟想起田所等人刚才的态度，以及“新宿 11”的病历表，他几乎能够肯定，那三个人一定打算隐藏某些事。

“可是……”爱美的神情依旧忧心忡忡，欲言又止。

“没关系，我一个人快去快回……”

秀悟话说到一半，爱美便伸出双手抓住他的白袍袖口，轻轻摇了摇头，脸上布满恐惧与担忧。

“……我知道了，那我们一起去吧。”秀悟面露苦笑地说出这句话。

爱美一听，用力地点头。

秀悟放轻脚步，登上阶梯，并从墙壁的阴影处探看三楼病房楼层的情况。走廊深处能见到灯光，而且远比紧急照明还要明亮。灯光的位置似乎是刚才男患者倒下的病房附近。护士站空无一人，他们大概还留在病房内处置患者的伤口。

秀悟向身后的爱美招了招手，接着蹲低身子溜进护士站，移动到里头的架子前方。爱美随即跟上秀悟。

秀悟拿着便条比对架上病历表的书背。如他所料，他立刻就找到了与便条名字相符的病历表。秀悟抽出这些病历表抱在腰间接着与爱美一起离开护士站，前往四楼。

两人没有停下脚步，一步又一步登上阶梯。他们走进四楼的护士站后，同样开始寻找病历表，两人没多久就顺利找到了病历表。

这样就凑齐了。当秀悟正要从架上抽出最后一本病历表，身后忽然响起细微的脚步声。秀悟与爱美浑身一震，同时回过头。脚步声毫无疑问是从楼梯的方向传来的。

“这里！”

秀悟拉起爱美的手躲进药品柜的阴影处，接着窥视楼梯间。下一秒，有人沿着楼梯下楼。秀悟的双眼捕捉到那名人物的身影，不禁倒抽一口气。

院长室在五楼，所以秀悟原本以为下楼的人是田所。然而眼前的人物头部却裹着橡胶面具。

小丑？那个男人为什么会从五楼走下来？

秀悟脑中一片混乱。小丑抵达四楼之后，无视秀悟两人， 直接走向走廊深处。秀悟确认脚步声逐渐远去，这才探出身，提心吊胆地从护士站内窥视外头。走廊最深处的电梯门敞开着，电梯门中间卡着纸箱。那应该是用来阻止电梯门关闭，避免电梯移动到别的楼层。

小丑来到走廊最深处，随意将纸箱踢进电梯里，自己随后走进电梯。电梯门缓缓关上。

“那个小丑究竟是……”爱美一样看着走廊，喃喃自语。

“……他可能在五楼干了什么好事。医院的电梯只到四楼，所以他才会从四楼走楼梯上去。他应该是搭电梯抵达四楼之后，才沿着楼梯走上五楼的。”秀悟一边在脑中整理情况，一边说道。

爱美疑惑地皱起眉头。

“五楼是什么地方呀？”

“我记得五楼只有院长室和仓库……”

秀悟与爱美的视线同时移到楼梯上方，凝视着那片漆黑的深处。

“……那个小丑真的只是碰巧……才跑到这间医院来吗？”爱美低声自言自语。

秀悟听见这突如其来的发言，“咦”了一声，望向爱美的侧脸。

“因为那个小丑根本没必要去五楼嘛。”

“话是没错……”

“这么说起来，其实我一直觉得有点奇怪……”

“奇怪？”秀悟重复爱美的低喃。

“是啊，很奇怪。我现在仔细想想，那个男人朝着我开枪，把我押进汽车之后，好像是直接开往这间医院，感觉没有犹豫很久。”

“……也就是说，他一开始就打算来这间医院？”

“我不太确定，但有这种感觉……”爱美迟疑地点点头。

秀悟眉间的皱纹凑近了鼻根。如果爱美的话是真的，整件事件将会彻底大翻转。

秀悟拿起一旁护士搬运器械用的环保袋，将手中的病历表塞了进去。

“那个，要做什么？”爱美见秀悟默默行动，不安地问道。

“我们去五楼吧。”

“咦，去五楼？为什么？”

“要是事实真如你所说，那个小丑是怀抱某种企图才躲进这间医院，我们最好调查一下他的目的是什么。”

爱美听完秀悟的解释，她的眼神霎时间游移不定，接着神情僵硬地点头：“……我明白了。”

于是秀悟背起环保袋，提防着周遭情况并跑出护士站，然后与爱美一起奔上楼梯。

秀悟抵达五楼，紧张兮兮地环视四周。短短五米左右的走廊尽头矗立着一扇沉重的铁门，门上挂着“备品仓库”的牌子。右手也有一扇门，上头的牌子则是“院长室”。

秀悟压低身躯踏进走廊，伸手打算推开备品仓库的铁门。不过他一压下门把，门把便发出“咔”的一声，强烈抵抗秀悟。门似乎上了锁。秀悟又拉又推，重复了两三次，铁门依旧纹丝不动。

“打不开吗？”

“是啊，门上锁了。”秀悟回答身后的爱美，目光移向院长室的房门。

既然仓库打不开，小丑应该是进了院长室。

秀悟慢慢走到院长室前方，大口吐出气息，手伸向门把。房门轻易地打开了。秀悟见到门内的景象，几乎要怀疑自己的双眼。

近二十五平方米的的房间仿佛被龙卷风肆虐过，杂乱不堪。书架上的书四散在地板上，办公桌抽屉全被抽了出来。整片地毯遭人掀起，连沙发都翻了过来。

小丑搜过这间房间了？但他在找什么？

秀悟手握着门把，愣愣地站在原地。

“秀悟。”此时爱美焦急地在他耳边悄声说，“有人上楼了！”

“咦？！”

秀悟慌忙地仔细聆听。如爱美所说，楼梯间传来些微的脚步声。

小丑回来了？秀悟脸色大变，不过他马上就知道自己猜错了。脚步声逐渐转大，随后楼下传来男女交谈声，是田所跟东野的声音。

他们在三楼做完手术处置，正往楼上走。两人即便现在跑下楼，也会在途中撞上他们。

秀悟急忙查看四周，但是这里没有任何能藏身的地方。脚步声逐渐逼近。

没办法了！秀悟抓起放在走廊的环保袋，拉住爱美的手冲进院长室，关上房门。秀悟和爱美一起移动到房间深处，躲进办公桌的阴影里。

“躲在这里没问题吗？”

爱美担心地问，但秀悟无法回答她。当然有问题，这只是权宜之计罢了。

外头传来房门开启的声响。秀悟做好心理准备，闭上双眼。

“……秀悟。”

秀悟听见爱美的低语，睁开双眼。爱美将食指靠在唇边，以眼神示意秀悟看向门口。秀悟从办公桌的阴影中探出头。入口的房门依旧紧闭。

秀悟皱起眉，下一秒传来沉重的“啪嗒”一声。秀悟顿时理解情况。

那两人走过院长室前方，直接进了备品仓库。秀悟与爱美对看一眼，互相点了点头，接着他靠近门口，将房门打开一条缝，偷窥走廊上的情况。走廊上不见任何人影。

好机会！秀悟与爱美走出房间，压低脚步声前往楼梯。秀悟向下踏了一阶，忽然停下脚步回头看。

田所和东野为什么没有进院长室，反而去了备品仓库？铁门深处究竟藏着什么东西？

“秀悟，你在做什么？要快点离开这里呀。”

“啊，好，抱歉。”

秀悟听见爱美催促，开始向下走去。然而，某种阴郁漆黑的事物依旧盘旋在秀悟的心中。

2

“怎么样？”爱美见秀悟将最后的病历表放在床上，开口问道。

秀悟坐在床上，低下头大口叹息后，摇了摇头。

“这到底是……”

大约三十分钟前，秀悟与爱美从院长室回到二楼。两人认为在透析室可能会不小心让其他人发现病历表，便转而移到了值班室。

“明白什么了吗？”爱美坐在椅子上，将身体凑上前。

秀悟微微抬起头，由下而上望着爱美，接着从白袍口袋里取出便条纸。

“我现在知道写这张便条的人，他为什么要指示我们搜集这些病历表了。这七本病历表的患者之间存在共通点。”

“共通点？”

“首先，所有人和‘新宿 11’一样，都是在这间医院接受手术，而且是需要全身麻醉的大型手术。”

“这很奇怪吗？”爱美疑惑地说。

“是啊，非常奇怪。我刚才也说过，他们会在这种疗养型医院进行大型手术，原本就非常不对劲。更别说所有人都是紧急手术，例如肠梗阻、盲肠炎、胆囊炎等等。”

“是吗……”爱美似懂非懂地点头。

爱美并非医疗人员，她可能不明白这件事究竟有多异常。不过病历表上，还记载着其他共同点，像爱美这样的普通民众也能理解其异常之处。

秀悟从病历表中取出七张手术记录递给爱美。

“你看看表格最下方的‘执刀医师’以及‘护理师’的栏位。”

爱美听从秀悟的建议，接过表格缓缓翻看。当爱美翻到第三张，抹着眼影的双眼瞬间睁大。爱美急忙读完所有手术记录。

“这是……”爱美看完最后一张记录，语气颤抖地低语。

秀悟则沉重地对她点了点头。

“没错，所有执刀的医师都是田所院长。不过这间医院的专任医师只有田所一个人，还算是合理。最奇怪的是护士的部分，居然只有东野与佐佐木两名护士参与所有人的手术。”

七张手术记录的“医师”与“护士”栏位上，全都写着一模一样的名字。

“假设这些手术记录都正确无误，那所有接受手术的患者都是在夜里宣称肚子痛，才由院方进行紧急手术。而正巧当时负责病房的护士是佐佐木，并请东野担任刷手助理。”

房间的气氛逐渐沉重。

“这……不是巧合吧？究竟是怎么一回事？”

“我不知道。”秀悟使劲地挠着头。

“但我们唯一可以确定的，就是田所他们的确隐瞒了某些事，而且有个人想告诉我们真相。应该就是那家伙剪开‘新宿 11’的手术伤口，并将这张便条夹在病历里的。”

秀悟晃了晃手上的便条。

“那个人该不会就是那个小丑？”

“可能是，可能不是。”

秀悟感觉双眼深处一阵酸涩，揉了揉鼻根。房间内再次充斥着沉默。

“……我们真的能平安重获自由吗？”爱美的呢喃细若蚊蚋。

秀悟迟疑了片刻，悄声说：“没问题的。”但他的嗓子高得连自己都觉得怪异。

他原本以为现在纯粹只是歹徒占据医院并挟持人质，没想到才过了一个小时，事件的全貌天翻地覆。

小丑原本就打算坚守在这间医院里吗？田所等人究竟在这间医院里做了什么？又是谁剪开了“新宿 11”的伤口，将便条夹进了病历表里？

秀悟越是思考，脑袋就越混乱。

“……秀悟很善良呢。”爱美忽然间冒出这句话，露出微笑。

她那超龄的艳丽笑容，让秀悟的心跳漏了一拍。

“咦？你说善良……”

“我是说你面对这种情况，还努力想让我安心。不只如此，你还一直尽力保护我。都是因为秀悟待在我身边，我才能忍到现在。”

爱美双颊微红，腼腆一笑。

“不，我们是彼此彼此……”

秀悟话才说到一半，爱美突然脸色一变，按着腹部呻吟：“嗯……”

秀悟急忙站起身。

“伤口会痛吗？”

“没有，只是刺了一下而已，已经好了。”

爱美露出勉强的笑容，明显是在强忍疼痛。秀悟见状，将床上的病历表移到桌子上。

“过来躺下吧。”

“咦？”爱美见秀悟指着床铺，脸上满是疑惑。

“要赶快确认伤口有没有裂开。都是我害你必须上下楼梯，抱歉。”

“不，没这回事……是我自己勉强跟上去的，请你别道歉。”

爱美有些畏缩地躺在床上。

“我稍微拉开住院服一下……”

爱美听见秀悟的话，双颊悄然染上红晕，她别开了脸，微微点头。秀悟轻轻甩了甩头，解开住院服的衣绳，拉开衣摆，爱美露出白皙如雪的肌肤，以及粉桃色的胸罩。秀悟硬是将目光从爱美的胸口移开，专注在上腹部的纱布上。

“我要把纱布翻开来，可能会有点痛，忍耐一下。”

秀悟撕开胶布，将纱布翻了开来。他仔细观察纱布下方的伤口，微微松了口气。

纱布虽然渗出些许鲜血，但伤口仍然确实闭合。

“……看起来怎么样？”爱美柔弱地问道。

“没问题，伤口没有裂开，应该是因为四处走动稍微发痛而已。”

秀悟说着，再次固定纱布。爱美则是露出放松的神色。

“谢谢你，还有……那个……”爱美依旧没有正眼看秀悟，语气犹豫不决。

“怎么了？”

“可以把衣服盖回去了吗？我觉得有点害羞。”

“啊，哦哦，当然可以。”

秀悟急忙合起爱美的住院服衣摆。爱美躺在床上，羞涩地绑起住院服的衣绳。

爱美绑紧衣绳，打算撑起上半身，此时她却突然脸色一变。秀悟伸手扶住爱美的背部，慢慢抬起她的上半身。

“躺平之后要撑起身体，必须用到腹肌的力量，会比较痛。”

“谢谢，那个……我已经没事了。”

爱美坐到床铺边沿，抬头往上望着秀悟。“啊……”抹上粉色唇膏的双唇微微开启，泄露一丝惊呼。秀悟与爱美的距离极近，目光彼此交织。

双方的距离近得能感受到对方的气息，秀悟望着那双圆润的大眼，吞了吞唾沫。

“秀……悟……”喘息般的甜美低喃抚过秀悟的耳朵。

爱美闭上双眼，脸蛋稍稍倾斜。湿润的唇瓣吸引着秀悟，他的脸缓缓凑上前。

两人的双唇轻触。一股柔软、甜蜜，宛如棉花糖般的触感瞬间麻痹脑髓。

下一秒，远处忽然传来低沉的喊叫：“速水医师！”

秀悟睁开眼，从爱美身边猛地跳起身。

“抱……抱歉！”秀悟低下头，急忙开口道歉。

我到底在干什么？居然被气氛冲昏头，对小自己十岁以上的女孩子出手！还是在这种危险的情况下！

自我厌恶渐渐腐蚀秀悟的心灵。

“不……那个……请别在意。我也有点呆住……”

爱美抹着粉色腮红的双颊更加红润。

“速水医师！你在哪里啊？！”外头再次传来杂音。

“呃，那声音听起来应该是院长先生吧？要赶快把那个藏起来。”爱美指着桌上的病历表。

“啊！对……”

的确该藏起来。秀悟拉开桌子的抽屉，慌慌张张地将病历表塞进抽屉里。秀悟关上抽屉，值班室的房门同时应声开启。

“速水医师，你在这里呀。”

田所走进值班室，尖锐的目光刺向秀悟。东野与佐佐木也出现在田所身后。

“怎么了，院长？”秀悟拼命隐藏心中的动摇，开口询问。

“我从刚刚就一直在叫你，为什么不出来？”

“咦？您有叫我吗？不好意思，我有听见声音，但不知道那是在叫我。”

秀悟若无其事地说。田所疑神疑鬼地瞪着秀悟，接着看向爱美，浓密的眉毛皱在一起。

“你们两个躲在里面做什么？”

“……检查伤口，我在确认伤口有没有出血或裂开。透析室那种开放空间，患者没办法放松吧？”秀悟一时语塞，随即解释道。

“……原来如此。”

田所看似无法接受，但他没有继续追究。

“所以刚才那位患者的治疗已经结束了吗？他不是流了不少血？”

“是啊，已经处理完了。没有任何问题。”

“那就太好了。”秀悟不敢大意，谨慎回答。

田所眼神严厉，显然不是特地来告知秀悟患者的病情的。

“……速水医师，”田所的语气一沉，“你有进过我的房间吗？”

“啊？院长的房间？”

秀悟留心自己的举止，尽可能自然地眨了眨眼。

“呃，我记得院长的房间……是在五楼吧？”

“……没错，是在五楼。在刚才的几十分钟里，你有没有进过我的房间？”田所直盯秀悟的双眼，再次重复问题。

“不，我怎么会进去院长的房间呢？我刚才将那名男患者交给院长你们治疗之后，一直都待在二楼。对不对？”秀悟回头寻求爱美同意。

爱美点了点头，说了句：“是啊。”

“真的吗？”田所使劲睁开单眼皮，将身体凑上前。

秀悟坦然承受他的视线。

“当然是真的。更何况，我们去院长的房间做什么？”

秀悟如此反问，田所松垮的双颊猛然一震。秀悟见到他的反应就能肯定，这个男人果然隐瞒着什么秘密。

再说，他们来得也太慢了。自己跟爱美回到二楼之后到现在为止，早就超过三十分钟。也就是说，田所很可能在写着那扇标示“备品仓库”的门后待了不短时间。

那里面到底有什么？秀悟缩起下颌，由下而上瞪向田所。

“院长室里发生了什么事吗？”秀悟见田所沉默不语，乘胜追击，继续追问。

“……有人把院长室搞得一团乱。”田所低吼道。

“院长室？被谁啊？”

“我就是不知道是谁才来问啊！”田所愤恨地对故作惊讶的秀悟说道。

秀悟的眼神顿时变得尖锐。

“院长，您该不会认为是我弄乱您的房间？”

“不，我并不是这个意思……”

“我到底有什么理由去弄乱院长您的房间？”

秀悟抢先一步逼问，田所只能扯动嘴唇，沉默不语。

“您一开始应该先怀疑那个小丑，而不是怀疑我吧？”

秀悟指出这一点，田所则是莫名其妙地悄声说：“小丑？”

“没错。那个小丑会闯进这间医院，说不定并非偶然。”

田所闻言，态度明显变得狼狈。

“你在说什么……为什么那个男人要对这间医院……”

“我怎么会知道呢？我只是来这里轮班的兼职医师，根本不了解这间医院呀。”

“是吗？你真的什么都……”

田所完全失去冷静，正打算上前逼问，东野随即将手放在田所的肩膀上。

田所回过头，便见到东野以眼神示意。“……啊。”田所悄声惊呼，摆出愁眉苦脸的神情。

“……所以速水医师没有去过我的房间。”田所的语气突然变得怯懦。

“我刚才已经说过好几次了，我根本没有去过院长的房间。那一定是小丑干的好事。”秀悟耸耸肩说道。

“你说我怎么啦？”而就在同一时间，某处传来低沉的嗓音。所有人一起望向声音来源。

在房门外头，小丑不知何时出现在佐佐木身后。佐佐木发出凄厉的惨叫，逃进房间里。东野连忙做出相同的举动。

狭窄的值班室顿时塞满了人。小丑仍旧握着手枪，一一看过室内的每一个人。

秀悟守在爱美身前，狠狠瞪着小丑。

“喂喂喂，你们几个干什么啊？怎么全闭着嘴？学校老师没教你们要好好回答别人的问题啊？”

小丑悠然举起手枪，枪口瞄准田所。

“听说院长室被人弄得一团乱。”秀悟生硬地说道。

“啊啊？你说院长室？”小丑将枪口指向秀悟。

秀悟见到漆黑的枪口对准自己，背脊不禁冷汗直流。

“没错。就在刚才，院长位于五楼的房间被人翻得乱七八糟。院长似乎怀疑是我做的，我们才起了争执。”秀悟舔了舔干燥的口腔内部，再次重复。

小丑眨了几次眼，“咯咯”地发出含糊的笑声。

“那是我干的，是我搞乱那间院长室啦。”

秀悟吓了一跳。他原本以为小丑一定会否认到底，没想到小丑居然爽快承认自己闯进院长室。

“干吗呀？你们几个居然因为这种事吵个不停，真蠢。是我啦，全都是我干的。”

“你……你为什么要弄乱我的房间？”田所问道，语气中夹杂浓浓的不安。

“为什么？当然是为了钱啊。”

“钱？”田所惊讶地低语。

“对，就是钱。我还能有什么目的呀？反正到早上之前还有点时间，我想说在这间医院看看能不能多捞点钱，就到处晃了一下。然后我在最上面的楼层发现一个房间，那里感觉应该会藏着点钱，就四处挖宝。房里虽然没挖到现金，倒是在桌子的抽屉里翻出不少商品礼券，面额还挺多的，收获还算不错咧。”

小丑的态度厚颜无耻，看起来甚至愉快得想哼歌。

“那你跑去我房间翻箱倒柜，就只是想找钱吗？”

“啰唆，我已经说了好几遍啦。”小丑摇头否认还有其他目的。

而秀悟没有错过田所的反应。田所在小丑否认的同时，悄悄地松了口气。

“你如果还藏着钱，最好赶快掏出来。我要是看到足够的钱，搞不好会想马上走人呢。”

小丑说完，便转过身去。

“等一下！”

田所突然朝小丑的背后大吼一声。小丑回过头，举枪瞄准田所，田所急忙举起双手。

“……这么大声是要吓谁呀？我差点就失手开枪了。”

“抱歉，我只是希望你能听我说点事情。”田所举着双手，语气急促地说。

“希望我听你说？”小丑裸露在面具外的眼睛微眯。

“对，没错。不过在那之前请让我确认一下。你要是拿到足够的钱，真的愿意马上离开吗？比如说在一个小时之内就……”

“……行，只要你能拿出足够的金额满足我，我就照办。”小丑似乎嗅到金钱的味道，沉声说道。

“要多少才够？”田所放下双手收起下巴，目光朝上望着小丑。

“……一千万。假如你能掏出一千万以上，我就马上走人。”

田所紧闭嘴唇低下头，沉默了数十秒。小丑没有催促田所，静静地等着他开口。田所缓缓张开肥厚的嘴唇：

“我希望你能来院长室一趟。”

田所一抵达院长室，便拖着伤脚走进房内。

田所说出“我希望你能来院长室一趟”之后，过了数分钟，秀悟等人在小丑持枪逼迫下，一起登上楼梯来到五楼。

继田所之后，佐佐木、东野、爱美以及秀悟一一进到房间里。小丑则停驻在门口。

田所走到抽屉全数被抽掉的办公桌旁。

“我照你说的跟过来了，这里还能有什么东西？”小丑慢悠悠地说道。

“在这之前，让我再确认一次。只要……只要你拿到一千万以上的现金，你就愿意立刻离开这里，是吗？”

“对……”小丑点了点头。

“……我明白了。”

田所走到房间最深处，当场跪在地板上。这个举动似乎动到伤脚，田所皱起脸，手指伸进一处普通的木质地板，接着地板发出“咔”的一声，地板之间忽然弹出一支小把手。田所以指尖抓住把手，使劲一拉，扳起一块约五十平方厘米大小的木质地板，地板下方露出一个小金库。田所从裤子口袋取出钥匙串，将其中一把钥匙插进金库的钥匙孔。开锁的声响震动了宽广房间中的空气，显得特别响亮。

田所缓缓打开金库，双手伸进内部，取出一个小型波士顿包，并拉开拉链。

秀悟早已料到波士顿包里有什么，但他还是不自觉地倒抽一口气。手提包里塞满了一把把的钞票，数量惊人。

田所拉开手提包的开口，并将开口朝向小丑。

“这里有三千万日元。这些钱可以给你，所以你现在就给我离开医院！”田所面容扭曲，高声大喊。

只见小丑不发一语，举着枪恐吓秀悟一行人，并且慢慢移动到房间内。田所则是露出讨好又欲哭无泪的表情。

小丑低声说了句：“放开。”

田所放开手提包，急忙退到后方。

“这钱怎么来的？”小丑窥视金库内部，语调平板地询问田所。

小丑得到一大笔钱，语气却听不出一丝喜悦。

“那是……该怎么说……是我的私有财产……”田所支支吾吾地说道。

“私有财产，所以你是要把自己的钱交给我呀？真大方。”小丑语带讥讽地说完，突然将枪口对准田所。

田所立刻以双手护在脸前。

“快……快住手！钱已经给你了，求你赶快带着那袋钱离开吧。”

“怕什么，我是在称赞你呀。你居然愿意自己出钱保护其他人的安全。”

“当……当然了。我是这间医院的院长，我有责任维护医院里所有人的安危。”田所缩着身躯说道。

下一秒，小丑抓起枪托用力砸向墙壁，巨响撼动了房内。

“少鬼扯了！维护医院所有人的安全？你这浑蛋根本完全没考虑过那种鸟事吧！”小丑忽然间放声怒吼。

秀悟吃了一惊，瞪大双眼。

“不是，我真的是为了其他人……”田所怯懦地低声反驳。

只见小丑抓起枪托又是一敲，这一敲就仿佛是打在田所身上，他浑身抖个不停。

“废话少说，给我老实回答。这个金库里除了钱应该还有其他东西！”

“只有钱，里面真的只放了钱而已！请相信我！”

“鬼才信！你把金库里的东西藏到哪儿去了？！说！快说啊！”小丑面具的嘴部唾沫横飞，怒吼不断，简直像发了疯似的。他双眼爬满血丝，大步走向田所，枪口抵住田所的额头。

“怎么不说话？快说，金库里的东西藏在哪里？要不然……”小丑的食指扣在扳机上。

他要开枪了！秀悟这么断定，不自觉地闭上了眼。

“不行！”

清亮的嗓音响彻整个房间。

秀悟睁开眼睛，目瞪口呆地看向开口大喊的那个人——身旁的爱美正狠狠地瞪着小丑。

“……你说啥？”

小丑犹如野兽般地低吼，并且瞪向爱美，枪口仍旧指着田所。

爱美脸色发青，肩膀微微颤抖，但是她坚决直视小丑。

“我……我是不知道……究竟发生什么事。可是你不能开枪，拜托你！”爱美呼吸凌乱，断断续续说着。

“……跟你无关。既然什么都不知道，就给我滚一边去。”小丑威胁道，不过他看起来似乎渐渐恢复了平静。

“因……因为……你刚才不是说过杀了人会被判死刑，所以你不想杀任何人吗？那就不要杀人，求求你，我什么都愿意做……”爱美面色惨白，苦苦哀求道。

小丑的指尖仍旧扣在扳机上，凝视着爱美。

房内的气氛异常紧绷，随时可能一触即发。秀悟或许是紧张过度，视野中的远近感不翼而飞，小丑那张丑恶的笑容仿佛紧逼着自己而来。

小丑愤愤地啧了一声，放下持枪的那只手臂，房内的紧张气息顿时放松下来。秀悟方才紧张得几乎忘记呼吸，此时才一口气吐出肺中囤积的空气。田所当场滑落倒地。

小丑又“啧”了一声，拿起装着钱的手提包大步走向出口，离开了房间。

“院长！”

当小丑消失在门口的瞬间，东野飞奔至倒下的田所身旁，佐佐木也急忙跟上东野。

“……太好了。”爱美虚弱地低喃，身体一阵摇晃。

秀悟连忙伸手拥住爱美的肩膀，撑住她的身子。

“没事吧？”

“我没事，只是突然全身没力。不好意思，让你见笑了。”爱美无力地笑了笑。

“没这回事，你很勇敢。”秀悟是真心赞美她。

那一瞬间，秀悟自己完全动弹不得。反倒是爱美，她明明几个小时前才被那个男人开枪射伤，亲身体会过那份恐惧，却是她扭转最糟糕的局面。那份异于外貌的强大令秀悟惊讶不已。

“院长！院长！”

秀悟听见东野的呼唤声，支撑着爱美的身躯，同时看向房内。差点死在枪下这件事似乎带给田所不小的精神打击，他现在仍然有如软体动物一般，无力地瘫倒在地。

“总而言之，现在先让爱美小姐和院长去病床上休息吧。哪里还有空的病床？”秀悟见东野与佐佐木还在院长身旁茫然无措，便这么对两人说道。

两名护士互看一眼，开始小声商量起什么。

“……那个……只有一楼才有治疗用的病床，不过一楼还有小丑在……三、四楼的护理师休息室里的话只有沙发……”东野缩起臃肿的脖子，这么说道。

“……那就只剩下透析用的病床，带他们到二楼休息吧。”

秀悟当然想尽可能远离小丑占据的一楼，不过那个男人不会乖乖待在一楼，还能利用电梯在医院各处行动，他们不管待在哪里都一样危险。

东野迟疑了数秒，点头回答：“我明白了。”接着便和佐佐木一起撑起晕厥的田所。

“那我们走吧。走得动吗？”秀悟轻声询问爱美。

“可以……不过可能要请秀悟借我一下肩膀。”爱美淡淡一笑。

3

爱美的病床旁放着一张铁椅，秀悟坐在铁椅上轻搔鼻头。而他向前望去，田所躺在病床上，两名护士则是神情忧愁地站在他身旁。秀悟待在透析室里，田所的病床则是在楼梯附近，双方相隔十五米左右。当时护士们拼命撑起田所高大的身躯，走下楼梯，将他安置在最靠近楼梯的病床上。秀悟与爱美看护士们安置完田所，便选择最里面的病床安顿下来。

秀悟能够肯定，田所等人确实隐瞒了某些事，小丑会闯进这间医院也和那些“秘密”有关。

田所似乎从打击中恢复过来，他躺在床上与护士们交谈。三人刻意压低音量，对话内容并未传进秀悟耳中。

秀悟有点在意佐佐木的举动。她的眼神似乎不时飘向秀悟的方向。

“……秀悟。”

秀悟听见爱美呼唤，望向病床上的她。

“怎么了？腹部会痛吗？”

“不会，我还好。比起我，你觉得在院长室的那个时候，小丑为什么会那么生气呢？”爱美低声问道。

“……不知道，不过我认为那个小丑会闯进这间医院，的确不是巧合。”

“那个小丑……好像在找什么东西？应该不是钱。”爱美看向田所一行人。

佐佐木正好望向两人，又急忙转过头。

“是啊，而且院长可能知道那个小丑在找什么。”

“那东西和那几本病历表里的记录有关系吗？”

秀悟听爱美一说，开始回想七名患者的手术内容。

“……大概吧。”

秀悟重新整理思路，打算在脑中整理这间医院发生的种种。

小丑男、七名患者、上锁的仓库、秘密金库……脑海里漂浮着各式各样的零件，但却缺少决定性的要素，好将这些零件组合在一起。

田所与东野继续交头接耳，佐佐木站在一步之外，依旧侧眼偷瞄两人的方向。秀悟与佐佐木对上视线。

佐佐木随即低下头，并且慢慢离开田所的病床，一步步走向两人。田所和东野似乎讨论得相当专注，完全没注意到佐佐木的举动。

“……院长的情况如何？”秀悟见佐佐木来到两人身边，先发制人，随口问了无关紧要的问题。

“院长应该已经没事了。让您费心了。”佐佐木的态度仍旧显得畏畏缩缩。

秀悟的眼神扫过佐佐木全身。这个外表阴沉的护士主动靠过来，究竟打着什么主意？秀悟猜不透她的心思。

“所以，你找我们有什么事吗？”

“没有，我只是想关心一下那边那位女患者的伤势……”

佐佐木被秀悟这么一问，随即低下头，回答的声音小得几乎听不见。

“您说我吗？我还好，伤口还有一点痛，但是没太大问题。不好意思，劳烦您费心了。”

爱美指着自己，缩了缩脖子。佐佐木则凝视着爱美。

“那个……我怎么了吗？”爱美仍旧缩着脖子，困惑地问道。

“不，没什么……不好意思。”

佐佐木上一秒打算走开，下一秒似乎又反悔，靠近爱美耳边悄悄说了些什么。

“咦？那个……你的意思是？”爱美疑惑地皱起眉头。

“不，还是没事了，请别太在意。不好意思，说了奇怪的话。”

佐佐木深深低头鞠躬，几乎能看见她的后颈，接着小跑步离开病床。秀悟望着她的背影，感到莫名其妙。他直到最后仍然搞不懂佐佐木为什么要接近他们。

“她说了什么？”

秀悟转头问向爱美，爱美同样露出不解的神情。

“不，我也听不懂。她好像说什么‘还有一个人’‘小心院长’之类的。”

“还有一个人”？“小心院长”？到底是什么意思？

佐佐木走回田所病床附近，但是两人依旧一脸严肃地交谈，佐佐木似乎不敢插嘴，只能愣愣地站在原地，无事可做。

佐佐木呆站了数十秒，这次又偷偷摸摸地走向楼梯，慢慢走上楼。

她到底要去哪里？她是因为现在稍微平静下来，打算去检查住院患者的情况吗？

秀悟听见病床挤压的声响，他回过头查看。爱美趁他不注意的时候打算下床。

“怎么了？”

秀悟问道，爱美则是含糊地说了句：“没有，我有点事……”并且穿上鞋子。

“咦？你要去哪儿？”

“那个……我马上就回来……”

爱美闪烁其词的回答令秀悟感到一阵不安。

“一个人走动很危险，我也一起去吧。”

“不，这可能没办法……”

“刚才你明明那么害怕单独行动，突然间怎么了？不会是因为那位护士说了什么吧？”

爱美难不成是想跟在佐佐木后面？

“不，跟护士小姐没关系。我只是觉得秀悟最好不要跟来……”

“那至少告诉我你要去哪里。不然的话……”

“洗手间……”爱美细若蚊蚋的低喃，硬生生打断秀悟坚决的话语。

秀悟傻傻地吐出一个字：“啊？”

“我是说，我想去洗手间！请不要跟过来，这样太害羞了。我马上就回来！”爱美满脸通红地说道。

“呃，这……那就……请慢走。”

“……不理你了！”

爱美鼓起双颊，大步走向几米外的房门，接着消失在门口外。那扇门后只有值班室和厕所，应该不会碰上什么危险。

不小心惹恼她了啊。秀悟挂着抽搐的笑容，看向田所与东野。脑中忆起佐佐木的低语。

“还有一个人”，以及“小心院长”。

佐佐木会不会是打算告诫他们什么？但又在开口前一刻打消念头……这么一想，佐佐木刚才的举动似乎相当合理。

秀悟几乎是下意识地站起身走向田所的病床。当秀悟一靠近病床，田所与东野便停止对话，抬头看向秀悟。

“速水医师，有什么事吗？”田所露出笑容，但一眼就能看出他是装出来的。

田所的表情顿时令秀悟勃然大怒。

“您究竟隐瞒着什么？”秀悟打开天窗说亮话，直接抛出问题。

田所与东野的脸上肌肉猛地一抖。

“隐瞒？你在说什么？”田所仍然挂着笑容，脸颊却完全僵住。

“我才想请问您在说什么。那个小丑在找钱以外的某样物品，那家伙到底在找什么？那家伙到底有什么企图？”

秀悟不断追问，田所的笑容仿佛退潮似的消失无踪。

“你问这个问题很奇怪。那个男人脑袋有问题，我怎么会知道他有什么企图？”

“不，院长，您一定知道那个小丑的企图。”秀悟将脸凑近田所。

病床上的田所则缓缓退后。

“那个小丑脑袋很正常。他说自己是抢劫失败才闯进这间医院，可是他一定是在说谎。那家伙一开始就计划好要躲进这间医院，为了寻找一样东西，那就是您刚才拼死也要藏起来的‘某样东西’。”

秀悟来回望着田所与东野。两人仍然紧闭嘴巴。秀悟从两人坚决的态度就能看出，他们似乎不论发生什么事都坚持保守“秘密”。秀悟愤慨地继续说下去：

“刚才倒在三楼的男患者，是不是与那个人有关？”

田所与东野的表情瞬间掠过一丝动摇。

秀悟思考接下来的手段。“新宿 11”等七名患者接受过奇怪的手术，他是不是该直接揭穿这件事？但似乎还不需要逼到这种地步。田所刚才差点被枪杀，却仍坚持不肯说出“秘密”。他们要是知道自己看过七名患者的病历表，不知道会做出什么举动。

至少在现阶段，他想避免与田所等人决裂。现在最重要的是让所有人平安无事地迎接早晨，而非厘清“秘密”的真相。

秀悟与两人互相瞪视，谁也不动。胶着的氛围一点一滴地折磨着身躯。

“秀悟？”

此时，秀悟忽然感觉有人拍了自己的肩膀，他吓得发出无声的惊呼，回过头去。爱美正疑惑地站在他身后。

“别……别吓我啊……”

秀悟右手按住胸口，试图压抑乱跳的心脏。他太注意田所等人，完全没发现爱美靠近。

“我又不是故意的……”爱美不满地噘起嘴。

“呃……抱歉，我只是吓了一跳……”秀悟急忙解释。

爱美的出现缓和了紧绷的气氛。田所与东野也露出茫然神色。

“我们回那边去吧。”秀悟对爱美提议。

“那个……呃……你是川崎小姐吧？”田所语带迟疑地叫住爱美。

“是，有什么事吗？”

爱美停下脚步，此时田所突然用力低下头，将光秃的头顶朝向秀悟两人。

“刚才真的非常谢谢你救了我。”

秀悟见到田所做出预料之外的举动，眨了眨眼。爱美则是在胸前挥舞双手，低声说：“不，别这样……”

“幸亏你出声阻止，小丑才没有对我开枪。你是我的救命恩人，真的很谢谢你。刚才我一直想着要向你道谢，但怎么也找不到机会。”田所没有抬起头，不断诉说自己的谢意。

“别这么说，我只是下意识地叫了出来而已，您不需要道谢……请把头抬起来吧。”

爱美一脸为难，紧接着连东野也低下了头。

“也请容我向你道谢，真是非常感谢你救了院长一命。”

“那个……真的不需要这个样子……”爱美求助似的望向秀悟。

秀悟则是耸了耸肩，面露苦笑。此时，楼梯的方向忽然传来脚步声。是佐佐木回来了吗？秀悟随意看向楼梯，顿时僵住了脸。

爱美小声发出惊呼，田所与东野则是屏住呼吸。小丑正一步步走上楼。

一楼连接二楼的楼梯间明明用锁锁住了，他是特地打开锁上楼吗？

“……有何贵干？”秀悟将爱美护在身后，缓缓开口问道。

不过小丑的态度显然不同，他没有再做出轻佻的回答。秀悟面对像变了个人似的小丑，心跳渐渐加速。

“没什么，我只是想打发时间。反正到早上之前时间多的是。”

小丑缓缓眯起了眼。不祥的预感顿时爬过秀悟的背脊。

“打发时间？什么意思？”

“跟你无关。”小丑沉声说道，将手枪指向秀悟。

“滚开，我有事要找你后面那个女人。”

小丑举着手枪，逐渐逼近。秀悟站在爱美身前，咬紧牙根。

“你找她做什么？”

“我就说跟你没关系。赶快滚蛋，不然……我要开枪了。”

只见小丑的手指扣上扳机，紧张情绪随即爬满秀悟全身。此时身后的爱美轻轻一晃，走到秀悟面前。秀悟急忙想再上前护住爱美，但枪口笔直地对准了秀悟，制止他的行动。

“你……你找……你找我有什么事？”爱美的声音有些嘶哑，仍然坚强地说道。

小丑举枪制止秀悟的动作，同时走上前，脸凑到爱美面前，以眼神扫描爱美的全身。

“刚才你的态度倒是挺嚣张的嘛。你刚刚说了什么来着？‘我什么都愿意做’，是吧？胆子不小啊。”小丑嘲弄似的说着。

爱美咬紧下唇，低头不语。

“所以我稍微想了一下。既然你什么都愿意做，那我就麻烦你做一件事好了。”

小丑伸出左手，抚过爱美的乌黑长发。

“……什么事？”爱美撇过头去，悄声回问。

“你就来陪我打发时间，直到早上为止。”

“陪你……”

恐惧扭曲了爱美的表情。下一秒，小丑伸出左手一把抓住爱美的手腕。

“你也不是小鬼头了，知道我的意思吧？我叫你到一楼来，好好满足我一整个晚上！”

“不要！放开我！”

爱美扭动身躯挣扎，无奈小丑十分强壮，他甚至非常地享受她的抵抗。

“行啊，随你想怎么挣扎就怎么挣扎，这么做比较有趣。”

小丑此话一出，下一秒，秀悟奋力蹬地。

脑海深处喷发炽烈的怒火彻底烧尽理智。他现在只想击倒眼前的小丑，救出爱美。

秀悟因激愤而变得狭窄的视野中只映出小丑的身影。小丑回过头来，瞪大双眼。秀悟紧握的拳头直接打中小丑的侧脸，然而就在下一秒，一股冲击狠狠撞上秀悟的左太阳穴，秀悟眼前顿时一片空白。

他不知道究竟发生了什么事。只听见远处传来一声呐喊：“秀悟！”那是爱美的声音。

鞋子缓缓踏进迷蒙的视野中。秀悟的视线顺着那鞋子缓缓上移。小丑正在查看自己的脸，秀悟察觉这点之后才赫然发现，自己现在倒在地板上。他出手揍了小丑，同一瞬间小丑似乎用枪托猛敲自己的侧头部。

秀悟想以双手撑起身体，但是脑部与身体连接的神经仿佛断了线似的，全身使不出力。

那一敲引发了脑震荡，自己暂时无法正常行动。作为医师的秀悟经验明白自己的状态。绝望渐渐吞噬了心灵。

他没办法拯救爱美。再这样下去，爱美会沦落为小丑的玩具。

“浑蛋，你还真有胆啊！”小丑俯瞰着秀悟，将枪口瞄准了他。

秀悟的意识与目光紧盯着枪口。

“快住手！”

小丑渐渐扣紧扳机，就在同时，某处传来爱美的声音。秀悟操控唯一能自由运作的双眼寻找爱美的身影，却始终找不到她。

“你说什么我都照办，拜托你不要杀他。”爱美扼杀自己的情绪，语调死板地说道。

秀悟想大喊“不行！”但是他的舌头僵硬，无法出声。小丑一听，原本因狂怒龇牙咧嘴的唇边逐渐展露笑意。

“喂，听到了吗？这女人似乎改变主意，自愿陪我玩一个晚上呀！”

小丑的台词充满浓浓的嘲讽。愤怒似乎隐约连接脑袋与身体。秀悟颤抖着手，伸向小丑的脚。那只脚仿佛要逃开秀悟的手，大大向后拉开。

“你就好好睡你的大头觉吧。”

此话一落下，拉开的鞋尖猛地踢向秀悟的脸。秀悟甚至无法眨眼，只能眼睁睁望着这幅光景。

秀悟的意识伴随一声沉重的撞击声落入黑暗之中。

他听见女人的声音。

是爱美？不，不对，这声音听起来是年长的女人。

“……医师，速水医师！”

意识渐渐清醒过来。秀悟睁开眼睛，日光灯正散发着洁白的光亮，出现在视野之中。强光刺得秀悟眯起双眼。

“这里是？”他低喃道。

下一秒，一阵痛楚穿过头部。秀悟皱起脸，试图弄清楚现在的情况。视野一角出现东野的部分脸部。秀悟这才发现自己倒在地上。

“你醒了？你知道自己在哪里吗？”东野问道。

“哪里？这里是田所医院，然后……”

秀悟说到一半，这次轮到田所的脸进入视野之中。他这才发现自己似乎是躺在地板上，而两人正俯视着他。

“意识似乎无大碍，你还记得发生了什么事吗？”东野再次询问。

发生了什么事？他记得有个小丑闯进医院里，然后那家伙带来一个受伤的女子……他要爱美为我……爱美？！

秀悟使劲睁开双眼，猛地撑起上半身。晕眩与头痛瞬间掠过头部，但是他现在顾不了那么多。

“爱美呢？她在哪里？！”

秀悟放声大吼，东野与田所同时垂下双眼。两人的态度一目了然，小丑带走了爱美。秀悟的脑中瞬间清晰起来。

“我晕倒多久了？”秀悟一把抓住东野的手臂，大喊道。

“……大概五分钟。”东野仍旧避开视线，悄声答道。

五分钟，只过了五分钟，那说不定还来得及。秀悟站起身，眼前忽然一阵摇晃，膝盖顿时一软。东野与田所急忙撑住险些倒下的秀悟。

“不要勉强，你现在出现脑震荡的症状，要再多休息一下呀。”东野犹如安抚孩子的母亲，柔声说道。

“休息？那家伙带走了她啊！”秀悟吼道。

东野垂下唇角，沉默不语。

“要赶快去救她……”

秀悟甩开两人的手臂，打算走向一旁的楼梯。但是他的双脚仿佛踩在云雾之上，摇摇欲坠。烦躁灼烧着他的心头。

“……这也是没办法的事呀。”东野低声喃喃自语。

秀悟一听，愤慨地扭曲嘴唇。

“什么叫做没办法？！你是什么意思？！”

“就是字面上的意思。我当然也觉得她很可怜，但是对方拿着手枪，而且又不是被杀掉……”

秀悟几乎是下意识揪住东野的白衣衣领。

“反正她不会被杀死，就可以任小丑为所欲为吗？！她是我的患者，我绝对会救她！”

东野粗鲁地挥开秀悟的手。

“所以，你说要怎么救？如果我们救得了她，我们当然也想救啊！我们也很难过呀，少在那里要帅了！”

秀悟听完东野的话，咬紧下唇，牙齿刺进嘴唇，咬破了一小块。刺痛伴随着扩散开来的血腥味，瞬间窜过口中，稍微冷却沸腾的脑袋。

现在没时间与东野争执，他要赶紧思考如何救出爱美。

那个男人不但有枪，体力也够。自己现在还留有脑震荡的后遗症，不可能敌得过他。是否该寻找能够充当武器的东西？但是有什么武器能与手枪相提并论……

想啊！快点想！要怎么做才能救出爱美？

“速水医师，很遗憾，现在只能……”田所怯生生地开口搭话。

吵死了！不要烦我！秀悟瞪向田所，此时脑中忽然迸出某样物品的模样。

“……智能手机。”秀悟悄声说道。

“啊？”

田所正疑惑地眯起眼睛，秀悟便一把抓住田所的双襟。田所随即露出害怕的神情。

“你……你要做什么？！”

“智能手机！把我的智能手机还给我！”秀悟激动得口水四散，焦急地说道。

“智能手机？为什么需要那东西？”

“我现在没时间解释！快点！”

秀悟前后猛摇田所的身体，田所的头部跟着用力摇晃着。

“我……我明白！我明白了，快放开我……”

秀悟听见田所的话后，放开了手。田所大叹一口气，伸手打算调整白袍的衣领。

“快点给我！”

秀悟的怒吼震得田所浑身一抖，他急忙将手伸进白袍的口袋，拿出秀悟的智能手机。

秀悟朝田所伸出手，但田所却没将智能手机递过去。

“你到底要用这东西做什么？”

“这你别管，快点还给我。”

秀悟逼近田所，田所却将抓着智能手机的那一只手藏到背后。

“你该不会打算报警吧？”

“废话少说，快还我！”

秀悟的嘶吼震动了空气，但是田所没有退缩。

“你要是打算报警，我就不还你。告诉我，你要用手机做什么？”

“反正我根本没办法用手机报警！因为从刚刚开始手机就一直没有信号！”

田所听见秀悟的解释，瞪大双眼，并将手机拿到眼前。秀悟趁着这瞬间，一把抢走智能手机。

秀悟确认手机信号。液晶屏幕果然还是显示“无信号”，根本派不上用场，但他只能赌一把了。

秀悟下定决心，迈开步伐走向楼梯。他的双脚稍微使得上力了。

秀悟小心翼翼地走下楼梯，避免踩空。转过楼梯转角，就能看到楼梯口的铁栅栏，门栏紧闭。外来患者等待室的灯光已经熄灭了。

“给我出来！”秀悟来到楼梯最下阶，抓住铁栅栏放声大喊。

单就铁栅栏的可见范围内，完全找不着小丑与爱美的身影。他以全身的力气摇晃铁栅栏，“锵锵锵”的噪声响遍四周。

“我叫你出来！不然你就等着倒大霉！”秀悟嘶声力竭地吼叫。

脑中不断涌上最糟糕的情况，他拼命甩开这些想法，不断咆哮。

他持续喊叫了一分多钟之后，某处终于传来细小的脚步声，隐隐拨动耳膜。秀悟闭上嘴，放开铁栅栏并向后踏上一阶楼梯。小丑随后出现在铁栅栏内部。

“吵死了，干什么啊？这不是害我没办法专心享受吗？”

小丑抓着手枪，同时调整松开的皮带。秀悟感觉全身血液瞬间倒流。

“她……她没事吧？”

秀悟从喉头挤出这句话，小丑则是轻笑几声。

“我才正要开始。等我把你赶回去之后，我们就能一起度过愉快的夜晚啦。”

“……她在哪里？”

“她现在可是在里头的床上等着我回去呢。好了，你就给我老实待在楼上，这样就不会死人了。我会好好疼爱那个女人。”小丑语带调侃地说。

秀悟差点又要冲上前揍人，他咬紧牙根，死命忍耐着。

“……把她带过来。”秀悟狠瞪着小丑，缓缓说道。

小丑浑浊的笑声戛然而止。

“……你在说什么鬼话？”

“我叫你把她带过来。现在、立刻带来。”

秀悟此话一出，小丑同时将手枪指向秀悟。

“谁准你命令我，现在下令的人是我！你只能乖乖听从我的指示！”

“……把她带过来。”秀悟重复同一句话。

小丑的口中传出咬牙的声响。

“浑蛋，你给我搞清楚情况，你就这么想吃子弹吗？”

小丑的手指搭上扳机。秀悟拼命压抑心中的恐惧，亮出手中的智能手机。小丑的目光立刻落在手机上。

“那是什么东西？”

“这是智能手机，看就知道了吧？我的高中同学是警察，我给那家伙写了一封简讯，告诉他有抢劫犯躲在这间医院里。”

“你说什么？！”小丑瞪大双眼。

“放心吧，我还没传出去。但是我现在只要碰一下按钮，简讯就会发出去，到时候就会有大批警察包围这个地方。假如你不希望我这么做，你现在就立刻带那女孩过来。”

秀悟望向智能手机的画面。屏幕只显示着一般的待机画面，秀悟口中那封打好的简讯、有同学在当警察，全都是谎话。更何况现在手机完全收不到信号，他根本没办法传简讯。

秀悟吞了口唾沫，静静等待小丑的回应。假设手机收不到信号这件事是小丑搞的鬼，这招虚张声势可能不管用。尽管如此，秀悟现在只能硬着头皮试试看。

令人屏息的沉默持续了数十秒，小丑终于缓缓开口：

“……我可以在你按下按钮之前就一枪毙了你。”

上钩了！秀悟听见小丑的回答，在心中暗自欢呼。

“我就算中弹，死前还是能传简讯的，你可以试试看。”

秀悟出言挑衅，小丑则是大声咂嘴。

“开什么玩笑！我一开始就说过，你们要是敢报警，我就干掉医院里的所有人。你不在乎吗？”

秀悟正面承受小丑锐利的目光。

“你要是办得到就尽管下手，我死也会拖你下海。到时候你的下场不是被警察当场射杀，就是在看守所关上几年。”

“……你疯了吗？”秀悟的魄力似乎吓住小丑，小丑语带迟疑。

“不用管我有没有疯。只要你不把那女孩带过来，我就报警，拖着你一起下地狱。看你是想放了那女孩，还是眼睁睁看我报警，随你怎么选！”秀悟一口气吼完，一边调整凌乱的呼吸，一边静待小丑的反应。

小丑恶狠狠地瞪着秀悟，嘲弄似的扯了扯嘴唇。

“……你看上她了吗？”

“你在说什么？”小丑的一句话乘虚而入，秀悟随即皱眉。

“不然你何必为了一个今天刚认识的女人拼命？你是迷上那女人了吧。”

我爱上爱美了？秀悟扪心自问。自己为什么拼死也想拯救爱美？是因为柔弱的女性即将在自己眼前遭人蹂躏？还是因为自己治疗过她？又或是……秀悟想不出答案。

“哈，那女人确实长得挺不错，但也没什么特别。不过是一个随处可见的女人，我看你要是在路上跟那女人擦身而过，你根本不会特别回头看。”

“……那又如何？”

“我是说那女人不值得你拼上性命啦。你是在不寻常的情况下遇上那女人，所以才会感受到一种命中注定的感觉，疯狂迷恋那女人。你对那女人的感情不过是幻想罢了。”

小丑说到这里，勾起单边嘴角。

“不管那女人有什么凄惨的下场，你都不用负责。所以你就乖乖回楼上等着吧。”

秀悟举着手机，持续与小丑对峙。

“……你想说的就只有这些吗？”秀悟的语气死板枯燥，不带任何情感。

小丑耸耸肩，答道：“没错，就这些。”

“那么限你一分钟之内把她带过来，超过时间我就发简讯。我不是单纯威胁你而已，就只等你一分钟。”

小丑原本勾起的嘴唇一翻而起，恶狠狠地露出牙龈。

“混账东西！”小丑怒骂一声，转身离去。

秀悟仍然在原地等待，不敢大意。时间的流速仿佛变得特别缓慢。

一分钟差不多快到了。正当秀悟这么心想，稍远的位置传来脚步声，有人小跑步地跑了过来。秀悟的手再次搭上铁栅栏。

“秀悟！”伴随着这声呼唤，爱美出现在铁栅栏的另一侧。

秀悟一见到她的脸，神色顿时一变。爱美的左脸泛红，肿了起来，显然是被人殴打过。

“爱美！”秀悟不自觉地直呼爱美的名字。

爱美双手伸过铁栅栏，紧紧抱住秀悟。爱美的体温、气息、发丝贴上脸颊的触感，这一切是那样令他眷恋。

“你没事吧？”

秀悟问道，爱美则是紧抱着秀悟，点头如捣蒜。

“可是你的脸……”

秀悟稍微拉开距离，伸手抚上爱美红肿的脸颊。

“那个男人把我压在床上的时候，我拼命挣扎，所以他打了我。不过没关系……秀悟来救我了。”

“喂，你们要在那边演偶像剧演到什么时候？”

某处忽然传来低沉的嗓音，秀悟跟爱美同时僵住。小丑不知何时站在爱美身后三米处。

“我照你说的把女人带来了，这样你就不会报警了吧。”

“还没，等我真正确保她的安全再说。”

秀悟放开爱美，再次将智能手机拿到眼前。

“那要怎么做你才会满意？”小丑自暴自弃地摇了摇头。

秀悟再次与爱美四目相交。

“你去搭里面的电梯到二楼，然后再走楼梯下来这里。”

爱美点点头，依依不舍地放开秀悟的脖子，接着跑步离开。秀悟看不见爱美的身影后，一边听着脚步声逐渐远去，一边瞪视小丑。

“她抵达这里之前，你都不准动。要是移动一步……”

“你就报警，是吧？不需要重复那么多次啦。”小丑开始隔着面具搔起头来。

时间仿佛黏液一般，一点一滴缓慢流逝。秀悟继续与沉默不语的小丑对峙，此时秀悟缓缓开口：

“……你到底有什么目的？”

“啊？你说啥？”小丑原本烦躁地搔着头，此时他听秀悟一说，停下了手。

“我在问你的企图。你到底是为了什么来到这间医院？你声称自己是碰巧找到这间医院，这根本是在扯谎吧？”

小丑面对秀悟的质问，没有任何回答。

“你的目标根本不是钱。你是为了揭穿这间医院的‘秘密’才闯进来的，我有没有说错？”

秀悟急促地说完，大喘一口气，等待小丑的答案。小丑则是开始发出浑浊的笑声。

“你到底在说什么啊？我的目的当然是钱，不然我没事干吗去抢便利商店，又对那女人开枪？你是看太多无聊的推理电影啦。”

秀悟听着小丑的嘲弄，微微抿嘴。事实确实如此。假设小丑的目的是揭穿田所等人拼死隐瞒的“秘密”，他根本没必要抢超市，也不需要对爱美开枪。这个男人真的如他本人所说，只是个思虑不周的抢劫犯？又或者是……

“秀悟！”秀悟沉浸在思考之中，此时楼上忽然传来呼喊。

秀悟回头看去，爱美在楼梯转角处呼唤秀悟。

“……快回去吧。”小丑压低语调。

“你快点回去，然后老实地待到早上，不要轻举妄动。我会在早上之前……结束这一切。”小丑丢下这句话，接着快步消失在秀悟的视野之中。

“在早上之前结束。”小丑最后这一句呢喃，令秀悟感到莫名的不安。

秀悟盯着铁栅栏的另一侧，缓缓走上楼梯。秀悟一抵达转角处，爱美便一把拥住他的脖子。乌黑长发散发出蔷薇的芬芳气息。秀悟抱紧爱美微微颤抖的身躯。

“好了，已经没事了。”秀悟轻抚爱美细如绢丝的长发。

爱美点了点头，将脸埋进秀悟胸口，肩头开始发抖。

“……好可怕，我真的好害怕！不过……我相信秀悟一定会来救我……”

“不要怕，有我在……我会保护你的。”秀悟双手拥住爱美纤细的身体。

两人相拥了数十秒，随后缓缓放开对方。他们对上眼的那一瞬间，同时垂下了双眼。

“……总觉得，有点害羞呢。”爱美的双颊染上红晕。

“呃……总之，我们先回楼上吧。”

秀悟说道，爱美则是微笑地点点头。两人互相依偎，一起走上楼梯。

他们一踏上二楼的地板，田所与东野随即靠过来。两人急忙分开。

“你没事吧？”

“……是，我没事。”爱美听见东野这么问，语气生硬地回答。

小丑缠上自己的时候，东野和田所没有任何作为。爱美或许对此有些五味杂陈，而秀悟也是如此。

“总……总之，没事就好。”东野试图掩饰尴尬。

秀悟与爱美沉默不语，沉闷的空气顿时弥漫四周。

“啊，话说回来，佐佐木去哪儿了？”东野在胸前双手合十，做出仿佛参拜的手势，并且四处张望，明显是想转移话题。

“她刚刚去了楼上，可能是去查看刚才倒下的患者吧？”

她似乎是太过专心与田所交谈，没发现佐佐木上楼去了。

“那……我先去找佐佐木了。”东野晃着肥满的身躯，狼狈地逃向楼梯。

秀悟见东野的背影消失在楼梯的尽头，继续与田所对峙。

田所抬头望向秀悟，脸上的表情看起来前所未有的僵硬。

“……你应该没报警吧？”田所沉声说道。

“当然没有。我刚才也说过，手机没信号，我只是吓唬对方的。”

田所听完秀悟的解释，表情松懈了下来。反倒是秀悟的神情逐渐紧绷。

“您到底为什么这么害怕通知警察？”

“因为……要是报了警，医院员工和患者们会有生命危险……”

“少撒谎了！”

田所还是重复相同的主张。秀悟一口否定田所的借口，指着爱美：

“她被带走的那个时候，比起帮助她，你还是以不报警为重。你根本不是为了人质的安全，而是为了自己才妨碍我通知警察！”

田所张口，似乎想反驳秀悟，但是口中却吐不出任何一句话。秀悟乘胜追击：

“那个小丑真正的目的，应该跟你拼命想隐瞒的事情有关。也就是说，我和她只是无辜受牵连，莫名其妙卷进你们的纷争之中。”

秀悟一口气说完，脑中同时思考。他原本以为可能是田所或小丑使用电波干扰装置，但是这两人都没有发现手机无信号，那究竟为什么会没有信号……？

正当秀悟整理思绪时，一声惨叫刺入秀悟的耳膜。这可能是东野的声音。秀悟、爱美以及田所三人同时看向楼梯。

“东野？！”田所率先采取行动。他拖着伤脚走向楼梯，抓着扶手一步步向上爬。

秀悟与爱美目送田所离去后，两人面面相觑。

秀悟并没有马上行动。小丑在楼上吗？那么上楼可能会很危险。应该继续在这里待机吗？或者该去帮忙……

“秀悟，我们走吧！”

秀悟犹豫不决。此时爱美坚决地对他说道。

“但是小丑可能在……”

“真要是那样，我们更要赶快去救她啊！”

爱美清澈的双瞳直视着秀悟，他大吃一惊。没想到她居然会毫不犹豫前去拯救一个曾经舍弃自己的人……

“……我知道了，走吧。”秀悟下定决心，便和爱美一起走上楼梯。

三楼不见任何人的踪影，于是两人继续向上爬。他们一转过三楼与四楼的转角处，便见到东野与田所的身影。东野跪坐在护士站的前方，田所则是靠在东野身旁。东野乍看之下并没有受太大的伤。

“怎么了？”秀悟走上前询问，但是两人都没有回答。

他们露出失神的表情，盯着同样的方向。秀悟不自觉地顺着两人焦点涣散的视线看去。

时间戛然而止。秀悟一时之间无法理解自己看到了什么。他仿佛稻草人一般，傻傻地站在原地。

“……骗人。”身旁的爱美悄声低喃。

日光灯洁白的光亮照亮整间护士站，佐佐木就仰躺在护士站的正中央，一把短小的小刀深深插在她的左胸上。

第三章　敞开的门扉

1

时间仿佛带着强力的黏性，紧缠住身躯，并且缓缓逝去。三楼的护士站内，待在室内的每一个人都低着头，沉默不语。

他们究竟在这个地方度过了多少时间？秀悟侧眼望向墙上的时钟。现在时间刚过凌晨两点半。他们大约是两点发现佐佐木的遗体，而现在距离当时才经过不到三十分钟。

“……警方虽然动用人海战术彻夜搜索，至今仍未发现开枪逃逸的男子。忐忑不安的夜晚依旧……”

护士站隔壁的护理师休息室里放有电视，电视传出新闻主播的播报声。数分钟前，秀悟打开电视打算转换一下心情，结果反而使气氛更加凝重。秀悟拿起手中的遥控器关闭电视。

秀悟感觉双眼一阵酸涩，伸手揉了揉鼻根。佐佐木胸前插着刀子的惨状实在太具冲击性。他不禁产生错觉，误以为一行人找到佐佐木的遗体之后，早已经过了好几天。

三十分钟前，秀悟恍惚了数十秒后恢复过来，立刻冲向佐佐木身旁为她进行心肺复苏术。但是佐佐木的瞳孔早已扩大，深入左胸的小刀显然贯穿心脏，他立刻就判断心肺复苏不可能成功。当秀悟将这件事说出口，东野当场崩溃痛哭，陷入恐慌；田所则是抱着头，颤抖不已。

最后秀悟在走廊最深处的病房找到空病床，剥下床单，拿来盖在佐佐木的遗体上，接着建议众人暂时先移到三楼。

秀悟抬起头，环视整间护士站。田所与东野坐在里头，一脸憔悴；秀悟和爱美则是将铁椅搬到入口附近，坐在铁椅上。

秀悟在这三十分钟内，一个劲地运转脑袋思考。医院终究还是出现了牺牲者。人质在抢劫犯藏匿的过程中出了人命，事件乍看之下相当单纯，但即使发现佐佐木的遗体，强烈的不协调感仍然不断涌上心头。

“警察……”东野无力地垂着头，悄声说道。

所有目光随即聚焦在东野身上。

“我们报警吧！佐佐木被杀了呀！我们明明什么也没做，他为什么要杀佐佐木？那个小丑一定打算杀掉我们所有人！我们现在马上向警察求助吧！”东野猛地抬起头，神情扭曲，悲痛地大喊。

“不行！”田所严厉地说道，但是东野并未退缩。

“您在说什么！有人被杀了呀！”

“那个男人已经杀了一个人。要是警察包围医院，那个男人恐怕不会再犹豫，真的会直接对所有人下杀手。最好还是等到那个男人离开医院再报警。”

“可是他搞不好打算在离开之前就杀死我们啊！”

“真要是如此，他应该早就动手了。既然他现在还没攻击我们，就表示他不打算杀掉所有人。我们不要惊动那个男人，乖乖在这里等着，这么做才是上上策。”

“我们根本不能肯定啊！警察一定救得了我们，请把我的手机还给我！”东野猛抓头发，激动地大叫着。

田所冷冷地望着东野，从白袍取出手机，抛向东野。东野双手抓住抛来的折叠式手机，急忙打开，开始按下按钮。

“没用的，现在还是没信号。”

“为什么？！平常还是收得到信号啊！”东野凄厉地尖叫。

“一定是小丑干的。那个小丑可能带着会发出干扰电波的装置。所以他才没拿走我们的手机。”

“既……既然如此，就用有线电话！院长室的有线电话应该还能用。”东野气喘吁吁地说道。

看来他们破坏了二楼到四楼的所有电话机，却保留院长室的电话，以防万一。但田所却摇了摇头。

“我刚才已经确认过了。院长室的电话也无法接通，小丑可能剪断了一楼的电话线。”

“怎么会……”东野沉默了片刻，瞪大了双眼，“那么就触动火灾警报器吧，这样应该能通知消防局！”

这或许是个好主意。秀悟悄悄将手伸进白袍口袋，指尖摸到了硬物。那是他平时爱用的打火机，只要用打火机烧一下天花板的侦测器……

“行不通的，警报器自动通报消防局的系统必须经由电话线，电话线被剪断就不会自动通报，只会触动灭火系统，在这层楼撒下大量的粉末灭火剂。”

东野的神情一瞬间染上绝望的色彩，但接下来臃肿的双眼立刻重新绽放光彩。

“一楼！一楼手术室的电话应该是另外拉的线路，就用那里的电话吧！”

“……那个男人就待在一楼，你要怎么去手术室？”田所沉声说完，侧眼瞥了瞥秀悟。

秀悟不清楚他的眼神代表什么意思，只能默默看着两人交谈。

“手术室可以从楼上……”

“东野！”

东野正要说些什么，田所厉声大吼。东野浑身一颤。

“即使去得了手术室，我也不会报警。一旦报警，不只我们会陷入危险，甚至会牵连住院的患者们。我们无论如何都必须避免重要的患者们卷入这次危机。”田所一字一字仔细叮咛道。

“……总而言之，再继续干等下去太危险了。那个男人已经杀了佐佐木，我们说不定也会落得同样的下场。不如先找找能当武器的东西，避免自己被攻击的时候无法抵抗。”至今保持沉默的秀悟这么建议。

田所稍微思考一会儿，郑重地表示同意。

“这里有能作为武器的物品吗？高尔夫球杆太显眼了，要尽量找体形小一点，最好是手术刀大小的武器。”秀悟这么一问，田所脸上便浮现苦涩的表情。

“很遗憾，手术刀全放在手术室里了。”

“是吗？那我们就分头寻找能当武器的物品吧。我们不知道那个男人还会做出什么举动，最好尽快做好准备。”秀悟从椅子上起身。

“……我暂时先照顾东野一阵子。”

“我明白了，那东野小姐就麻烦您了。爱美小姐。”

爱美突然听见秀悟的呼唤，“是！”回答的声音顿时高了八度。

“我们一起去找武器吧。”

秀悟牵起爱美的手，半强迫地拉着她起身，一起走出护士站。爱美虽然疑惑，仍然乖巧地跟着秀悟。

秀悟与爱美一起下楼抵达二楼，他直接通过透析室，走向值班室。秀悟一进到值班室就锁上了门。虽然房门称不上坚固，只要有意随时都能破门而入，但总比开放空间好得多。

“那个……秀悟……？”爱美不安地望着秀悟的脸。

秀悟双手搭上爱美的肩膀。

“小丑带走你之后，有没有离开你身边过？”

“咦？什么意思？”

爱美听见秀悟突如其来的疑问，吃了一惊。

“我想问你，小丑刚才把你带到一楼之后到我去救你之前，他有没有几分钟是不见的？”秀悟继续问道。他一时情急，无法顺利说出自己的意思。

“原来是问刚才的事呀……不，在听见秀悟大喊之前，我都一直跟那个男人待在一起……”爱美似乎想起当时的情况，她低下头，声音有如蚊蚋。

秀悟见到她的模样，心中升起一股罪恶感。

“抱歉，让你想起不好的回忆。可是这件事很重要。”

“很重要？”爱美惊讶地瞪大眼睛。

秀悟用力点头。

“我们发现佐佐木小姐倒在四楼的时候，她的瞳孔早就放大，心脏也彻底停止跳动，再加上遗体渗出的血液稍微凝固。佐佐木小姐被刺之后至少要耗费足够的时间，遗体才会呈现那种状态。”

“也就是说……”爱美眨了眨眼。

“没错，佐佐木小姐遇刺时，小丑可能是跟我或你其中一人在一起。”

爱美原本灵活的大眼睁得更大。

“怎么会……但佐佐木小姐也有可能是在小丑带走我之前，就已经受害了……”爱美语气颤抖地说。

秀悟收起下颌。佐佐木上楼之后到小丑出现带走爱美为止，还有数分钟空当，确实有这个可能。不过……

“假设真的是小丑攻击佐佐木小姐，她应该会大声尖叫之后逃走，这种情况下小丑应该会从背后行刺，不会是正面。但是佐佐木小姐是被人从正面直刺胸口，而且乍看之下没有挣扎的痕迹。”

“……什么意思呀？”

“佐佐木小姐可能不是被小丑杀害的。有别人趁着我和小丑在一楼争辩的时候，悄悄前往四楼刺杀佐佐木小姐。”

“说是别人，究竟会是谁？”

“那个人不会让佐佐木小姐起戒心。他是非常自然地接近佐佐木小姐，并且用小刀刺进她的胸口。”

“难不成……”爱美似乎察觉秀悟的意思，双手遮住了嘴。

“没错，我认为是田所或东野，也有可能是两人合力杀害了佐佐木。”秀悟缓缓开口说道。

他花了这数十分钟，才得出这个答案。爱美遮住自己的嘴，一时语塞。

“……他们为什么要这么做？”

“我不知道。但是佐佐木小姐遭到杀害之前，曾经想告诉我们某些事。”

“你说的是……‘小心院长’‘还有一个人’那些话吗？”

“是啊，没错。佐佐木小姐可能是无法继续忍受这种险境，便打算将院长他们拼命隐瞒的‘秘密’告诉我们。院长他们察觉这件事，便杀人封口，然后伪装成小丑下的手……”

“所……所以是院长杀了佐佐木小姐？”爱美脸色发青，悄声说道。

“田所确实比较有可能下手，不过东野也有嫌疑。毕竟他们两个人都坚守着‘秘密’。”

“可是女人有办法用小刀杀人吗？”爱美疑惑地说。

秀悟点点头：

“我曾在急诊看过有男人被女人刺伤，差点丢了性命。再怎么虚弱的人只要手持锐利的刀类，就足以从肋骨的隙缝刺伤人体。但凶手必须趁着对方起戒心之前毫不犹豫地一刀刺下去。”

爱美听了秀悟的解释，脸色越是发青。她以双手遮住脸蛋，瘫坐在床铺上。

“我已经……越来越搞不懂了。”爱美的声音听来微弱欲逝。她一直都表现得相当坚强，如今也濒临极限。

秀悟心疼地注视着她的身影，不知该如何安慰她。

“……还有一个人。”爱美遮着脸，低声呢喃。

“咦？你说什么？”秀悟这么一问，爱美缓缓抬起头来。

“佐佐木小姐曾经说‘还有一个人’。我大概明白‘小心院长’是什么意思，但是‘还有一个人’是指什么？”

秀悟垂下嘴角，他也很在意这句话。

“佐佐木小姐口中说的真的是‘还有一个人’吗？当时她的声音很小，会不会是你听错了……”

“不，她绝对是这么说的。我听得很清楚，只是弄不懂这句话的意思。”爱美的语气没有一丝犹疑。

既然佐佐木如此肯定，事实应该就如她所说。秀悟双手抱胸，开始沉思。

“那个……她的意思该不会是，这间医院还躲着别的相关人士……”爱美的态度忽然一转，不太有把握地说道。

“你是说除了我们以外，医院里还躲着其他员工？但是大夜班基本上只会有一名医师和两名护士……”

“院长不就留下来了？”

秀悟听爱美这么一说，顿时语塞。或许真的有员工留在医院进行未完成的工作，这不无可能。

“真要是如此，为什么他还继续躲着不现身？他躲着小丑就算了，没必要躲着我们吧？”

“我不知道原因，但是他或许跟这间医院的‘秘密’有关……所以才会躲到现在……”

医院里还躲着其他员工，而他和医院的“秘密”有关联。秀悟听完爱美的假设，脑中再次浮现出新的疑问。田所一开始说过，他今天是为了确认诊疗报酬的申请书才会留在医院加班。但他真的只是因为这个理由吗？小丑还正巧在院长留院的时候闯进来……不，小丑或许是知道院长留下来加班，才会闯进这间医院的。但是……

秀悟以双手拇指按摩太阳穴。现状实在太过莫名其妙，他的头不禁隐隐作痛。

“说到底，就算医院里真的还有其他的员工，他会躲在哪里……”秀悟话说到这里，便不再继续说下去。

爱美则是对秀悟微微点头。

“是的，我猜那个人可能躲在五楼的仓库。”

“可是为什么会在那里……”

“我还没想到那么深，只是觉得能躲的地方只剩那里而已。”爱美噘起粉唇。

佐佐木口中的“还有一个人”，真的是指医院的员工？而那员工还藏身在那间仓库里？会不会还有其他可能性……

“小丑……”秀悟几乎是不自觉地低语。

爱美好奇地问：“咦？你说什么？”

“不，没事。应该不可能。”秀悟甩了甩头，脑中浮现的想象令他毛骨悚然。

“你想到什么了吗？就算不可能也罢，可以告诉我吗？我很在意呢。”

“不，这真的只是突发奇想……我在猜所谓的‘还有一个人’，会不会是指小丑？”爱美态度坚决，秀悟败给爱美的魄力，只好半是犹豫地说出自己的想法。

“小丑‘还有一个人’？什么意思呀？”爱美神色不安地歪头质疑。

“没什么，我只是一直觉得小丑的行为不一致。他乍看之下像是一个随兴的笨蛋，总是为了钱做些临时起意的举动。有时却又仿佛身怀某种企图，四处打探这间医院的事情。假设小丑其实有两个人，可能就能解释这种反差……只要戴上相同的面具，穿上同样的服装，就没人认得出来他们的真实身份。他们做出小丑只有一个人的假象，另一个人就能在医院四处摸索……或是杀害佐佐木小姐。”秀悟说着说着，一股寒意掠过背脊。他只是随口说出自己的想法，却越说越觉得这个假设有可能是真的。

“可……可是小丑抓走我的时候，真的只有一个人……”

“他们可能是事后会合，或是一开始就约在这间医院碰头。”秀悟见爱美开口反驳，勉强给出一个解释。

这两个男人，一个是视财如命，性情急躁；一个则是性格冷静，他与这间医院结下了不解之缘，打算揭穿院内的“秘密”。假设是后者在操纵前者，那这一切都可能说得通。

这样看来，果然还是小丑杀害了佐佐木吗？一个人带走了爱美，另一个人趁机杀死佐佐木？又或者两名小丑的假设单纯是愚蠢的幻想，犯人就是田所或东野？不，假如仓库里真的躲着一名医院员工，那家伙也有可能是犯人……头痛越来越严重，秀悟痛得抱头低吟。

脑神经仿佛快烧断了。每多增加一些线索，事件的全貌就越是如坠五里雾中。

“……接下来……究竟会变成什么样的局面呢？”爱美忧心地低喃。

秀悟抱住头部的双手缓缓移动到爱美的肩上。

“没问题，我们一定会得救。”秀悟开口鼓励爱美，同时也为自己打气。

但是爱美的神情仍旧僵硬。

“可是，我们该怎么做……”秀悟看着垂头丧气的爱美，这么说道。

“报警吧。”

爱美低声惊呼：“咦？”同时抬起头来。

“通知警察吧。我们根本搞不懂这间医院究竟发生了什么事，更何况已经出了人命，继续傻傻等到天亮未免太危险了。只能报警了。”秀悟以舌头舔舐干渴的口腔内部，并且这么说道。

“可是他说如果我们报了警，就要杀了我们所有人……”

“他应该早就料到，只要他杀死一个人质，警察马上就会冲进来。他只是吓唬我们而已，再说警察应该能在小丑察觉之前就潜入医院。”秀悟一再重复强调自己的想法，想尽可能缓和爱美的担忧，但是他的语调高得连自己都觉得可笑。

只要报警就能保障他们的安全？秀悟的确无法保证这个想法是否正确，但他认为与其继续在医院空等，不如让警方介入，他们比较有可能活着走出这间医院。

“……我明白了。”爱美大口吐出气息，语带不安地说，“可是我们该怎么报警？手机和有线电话都不能用了呀？”

“……刚才东野小姐说了，可以用手术室的电话。”

“手术室？可是我们要怎么过去？小丑还待在一楼呢。”爱美柳眉微蹙。

“小丑以为锁住楼梯的铁栅栏，就能阻止我们前往一楼。但是他只用了一个小小的挂锁扣住铁栅栏，我们手上只要有工具，应该能破坏那个锁头。”秀悟试图平复自己的情绪，开口诉说自己的计划。

“首先我们故意在楼上制造骚动，那家伙应该会利用电梯移动到楼上确认情况。我们就趁机打开锁头抵达一楼，用手术室的电话通知警察。”秀悟一口气说完，静静等待爱美的回应。

只见爱美眉间的皱纹逐渐加深。

“我们根本没办法确定小丑会不会利用电梯移动啊？刚才他也是走楼梯上来的。”

“他来二楼的时候的确是走楼梯，但如果是其他楼层的话，他都是使用电梯移动，对吧？他使用电梯的可能性很高。而且我们可以先确认电梯有无运作之后，再前往一楼，就能降低跟小丑碰头的概率。”

“这么做或许行得通，但我们根本不知道能不能在小丑回到一楼之前破坏锁头呀。我觉得这个计划太草率了。”爱美对秀悟投以严厉的目光。

“我知道，我很清楚这个计划有多马虎。但除此之外我想不到别的办法了，而且我认为比起乖乖等到早上，直接实行这个马虎的计划还比较有可能得救。”秀悟凝视着爱美的双眼。

佐佐木遭到杀害，而他们不知道犯人是谁。以现状来推测，他们随时都可能遭受某人攻击。既然如此，他们哪怕必须冒险也应该去报警。

“……你是认真的吗？”

“是啊，认真的。”秀悟点头回应爱美的质疑。

爱美神情严肃地沉默了数十秒，重重地点了点头。

“……我明白了，我们去报警吧。”

“谢谢你。”秀悟轻抚胸口。

如果爱美反对他的计划，他可能下不了决心执行这项计划。秀悟现在唯一能相信的只有爱美，爱美同意他的计划，也算是为他打了一剂强心针。

“好，那我们赶快去找能破坏锁头的工具。锁头不大，我们只要拿到铁棒之类的工具，就能利用杠杆原理……”

“没必要找工具。”爱美打断秀悟的话。

“没必要？”

“是啊，刚才秀悟把那个男人叫走的时候，他把钥匙包放在床边的桌子上。所以我趁机拔走了这个，以备不时之需。”

秀悟一脸疑惑。只见爱美从入院服的口袋中取出一枚小型的金属物体。秀悟不禁瞪大双眼。

“这该不会是……”

“没错，这是那个锁头的钥匙。”爱美拿着小钥匙在秀悟眼前晃了晃，得意地挺起胸膛。

2

“那么，要开始了。”秀悟缓缓吐息，压抑乱跳的心，同时这么说道。

爱美站在他身旁，神情紧张地点了点头。两人走出三楼的护士站。

两人决定执行计划之后，便在十分钟前回到三楼的护士站，打算将小丑引诱到这个地方。虽说四楼可以争取到较多的时间，但是距离一楼较远，小丑或许不会注意到骚动，而且他们不太想接近佐佐木的遗体。

两人回到护士站时，田所与东野早已不见踪影。秀悟和爱美虽然有点在意两人的行踪，但他们还是优先执行他们计划。更何况考虑到计划内容，田所与东野不在场还比较方便行动。

秀悟看着桌上的电视机。他从护理师休息室搬来这台电视，液晶屏幕上正在播放陌生的西部片。

秀悟举起手轻抚胸口。他的计划一旦成功，天亮之前警方就会派出大队人马救出一行人。即使计划失败，他还有另一个打算……

秀悟侧眼瞥了爱美一眼。她站在秀悟身旁，脸上露出紧绷的神情。

无论发生什么事，他至少要让她平安走出医院。秀悟下定决心，便拿起电视遥控器，逐渐放大电视的音量。电视播放出演员们的台词，声音逐渐扩大，大得令耳膜隐隐作痛。

大概这种程度就够了。秀悟丢下遥控器，和爱美一起奔下楼梯。两人抵达二楼后，躲在楼梯间墙壁的阴影处，电梯那一侧看不见这个位置。两人微微探出头，窥视透析室最深处的电梯。

楼梯上方传来英语怒吼声与枪响，秀悟听着这些喧哗，握紧拳头。

来吧，快点过来。秀悟在心中重复呼唤，紧张仿佛火焰文身似的席卷全身，他极力忍耐。

大约过了五分钟，电梯门忽然打开。秀悟双手捂住嘴，强行吞下差点脱口的欢呼。

小丑从电梯里探出头，四处查看透析室内，接着立刻缩了回去。电梯门一关上，秀悟与爱美随即奔下阶梯前往一楼。

小丑要是在三楼的护士站找到电视之后，一定会立刻回到一楼。他必须在那之前报警，并且完成另一个计划。

秀悟抵达铁栅栏面前，拿起爱美交给他的钥匙，打算将钥匙插进锁头的钥匙孔。但是指尖因为过度紧张不停地发抖，怎么也插不进去。

“我来吧。”爱美从旁边伸手抢走钥匙，迅速打开锁头。

秀悟皱起脸懊恼自己的没用，并推开铁栅栏。铁栅栏嘎嘎作响，打了开来，秀悟与爱美便从栅栏的门缝钻了出去。

“走吧。”爱美急忙对秀悟说道。

秀悟关起铁栅栏后，回过头走向爱美，用力抓住她的双肩。

“怎……怎么了？”爱美脸上透露一丝畏惧。

“你快逃吧。”秀悟凝视着爱美的双眼，这么说道。

“什么？”爱美眨了好几次眼。

“正面大门的铁门已经降下来了，但是后门应该还能从里面打开。你现在立刻从后门逃到附近的住家去。”

“你……你在说什么？我们还要去手术室打电话吧？”

“你赶快离开医院，我一个人去就够了。”

“那我们两个人一起逃走吧。两个人一起逃走，直接去外面报警就好了呀？”

“不行，假如连我都逃跑，那个男人搞不好真的会杀光这间医院的患者。”

“他说只要逃走一个人就要杀光所有人，我一个人逃走也无济于事啊！”爱美仿佛耍赖的孩童，拼命摇头。

“我会想办法蒙混过关，撑到警察抵达为止。没问题，船到桥头自然直。”秀悟扬起微笑。

脸颊肌肉有些僵硬，但他意外顺利地展现笑容。反而是爱美的神情逐渐扭曲。

“为什么……为什么秀悟非得冒这种险不可？”

“因为我是医生，医生必须等到所有患者安全获救之后才可以去避难。”秀悟耸耸肩露出苦笑，调笑地说：“这生意不好做呢。”

爱美双眼紧闭，咬住下唇。

“而且，你是我最重要的患者，我想优先保障你的安全，希望你能谅解。”

“可是……可是……”爱美语带呜咽，还想反驳些什么，却说不出半句话。

“你逃到附近的住家之后，立刻通知警察。这样一来，就算手术室的电话无法报警，警察也能前来救助我们。你逃走反而能提高我得救的概率……可以帮我这个忙吗？”秀悟叮咛似的缓缓对爱美说道。

爱美迟疑地微微点头，紧闭的双眼落下泪水。

“用不着哭，我们很快就能再见面的……好了，快走吧。”秀悟轻轻推开了爱美。

爱美眼眶含泪，看了秀悟一眼之后，仿佛挥别什么似的转过身去，奔向后门。

秀悟目送爱美前往后门之后，迈步跑向手术室。距离小丑回到一楼应该还有一点时间。此时秀悟脑中忽然浮现刚才的推测——“还有第二名小丑”。假设这个推测是正确的，一楼可能还存在另一名小丑，但是他现在担心这点也于事无补。

秀悟推开沉重的铁门，穿越囤放大堆纸箱的走廊，冲进手术室。

手术室里还放着处理爱美伤口时的器材。

秀悟见到室内中央并排的手术台，不禁皱起眉。

一间手术室里放置两个手术台。仿佛有蛀虫爬过自己的脑部表面，一股不快再次袭上心头。

秀悟在手术室入口停顿片刻，接着使劲甩头。现在可没时间思考这些。

室内墙上装设的电话吸引了秀悟的目光。他快步穿越手术室，一把抓住电话话筒贴到耳边，按下110的号码。但是话筒没有发出任何声响。

“怎么搞的？！”秀悟一边怒吼一边向下看去，浑身猛然一震。

连接电话机与话筒的电线被剪断了。一阵战栗袭向秀悟全身。

是那个小丑干的？这个念头一瞬间掠过脑中，但秀悟的直觉立刻否定这个可能性。田所破坏透析室的电话机时，曾经使用类似的手法。

田所为了防止有人报警，甚至剪断这里的电话线？然而是在什么时候？

秀悟脑中一片混乱，单手扶额仔细思考。

田所一开始曾经拿着高尔夫球杆闯进手术室，是那个时候吗？不过田所当时并未接近这个电话。

所以田所是在众人遭到监禁之后，才来到手术室剪断电线？他不可能在不惊动小丑的情况下抵达手术室，那电线为什么会断？难不成田所和那个小丑打从一开始就是一伙的？

秀悟握着话筒，逐渐坠入无尽的思绪泥沼，此时身后忽然传来声响，令他猛然一颤，回过头去。脚步声沿着走廊另一端逐渐逼近。

小丑已经回来了吗？未免太快了。

秀悟僵着脸，急忙滑进麻醉机后方。下一秒，房门开启。

“秀悟！”

呼喊响彻手术室，那嗓音令秀悟使劲瞪大双眼，眼角几乎要裂开来。

“爱美？”

秀悟立刻从麻醉机后方走出来，茫然地望着站在手术室门口的爱美。

为什么爱美会在这里？他好不容易才让她逃走……当冲击淡化之后，紧接而来的愤怒与绝望随即充满了胸口。

“你为什么跑回来了？！”秀悟双拳紧握，激动地怒吼。

他有一刹那担心可能会被小丑听见吼声，但他没余力控制音量。爱美缩起脖子。

“我好不容易……好不容易才让你逃走，心想至少你得救就好……”秀悟的舌头仿佛打了结，无法顺利组织语言，举起双手使劲抓头。

“没办法。”爱美悲伤地垂下头。

“什么没办法？”

“我是说后门。后门被人用铁丝紧紧固定住，根本打不开。我无计可施才……”

秀悟听见爱美这么解释，眼前感到一阵晕眩。有人封住后门……仔细想想，这也是理所当然。有人要逃跑、要潜入医院，都只能从那个地方进出。自己居然没料到这点……

所有计划都失败了，他们必须在小丑回到一楼之前尽快返回楼上，越快越好。

“抱歉，刚刚不该对你大吼。我们马上回楼上吧。”秀悟开口道歉，走向爱美身边。

“那个，不报警吗？”

“不行，这里的电话机和透析室的一样，电线被剪断了。”

“咦？是小丑弄坏的吗？”

“不知道。先不谈这个，我们要快点回楼上。”

秀悟牵起爱美的手，走出手术室。

“等等！”

两人走到走廊的中段时，爱美突然停下脚步。秀悟也急忙停在原地。

“怎么了？要赶快离开这里呀。”

“我刚刚听见声音……好像是……电梯的声音。”爱美缓缓指向正前方的铁门。

“……你没听错吗？”秀悟懊恼地扯了扯唇，低声说道。

“我不确定……但是感觉有听到。”爱美答道，眼泪仿佛即将夺眶而出。

秀悟避免自己发出脚步声，小心翼翼靠近门边，缓缓将铁门拉开几厘米，从门缝窥视外头。喉头顿时发出塞住似的声音。

小丑举着手枪在外来患者等待室内走动，并且探看沙发下方，确认是否有人躲藏。

他可能再过不久就会来调查这扇门。秀悟注意不发出任何声响，谨慎地关上铁门，接着双手掩住了脸。爱美以眼神询问秀悟。

“小丑……他在外面对不对？”

“对，应该等一下就会找到这里来。”

“……该怎么办？”

秀悟没有立刻回答爱美。这条走廊只通往那间手术室，他们无处可逃。

“找找看有什么地方可以躲藏吧。”秀悟沙哑地说道。

现在只剩下这个选项。这条走廊上摆着一堆杂物，存在不少死角，要是能藏好躲过这一劫……

秀悟其实早已察觉，这个地方根本没有能让两个大人藏身的空间，但他还是只能仰赖这微薄的希望。爱美六神无主地点了点头，开始搬动走廊上的机器。

至少要找到能让爱美躲藏的地方。先不提自己这个大男人，爱美身材娇小，或许有地方能让她藏身。秀悟拼命翻找纸箱堆，但是根本找不到装得下整个人的纸箱。

该回到手术室躲进麻醉机后面吗？不，行不通，躲在那种地方马上就会露馅。干脆我自己先老实走出去吗？这样一来，小丑应该不会跑去搜手术室，但这个方法变量太多了。最后手段是在小丑进门的瞬间攻击他，不过对方体格壮硕，手中还有枪，就算出其不意地攻击他也很难赢得了他。

“秀悟……”秀悟抱头苦思，此时爱美忽然轻声呼唤他。

秀悟回过头去，便看到爱美跑到走廊尽头，手术室门口对面放着一块老旧的移动式白板，她在白板前对秀悟招了招手。

“那里有什么吗？”秀悟靠了过去。

爱美蹲下身查看白板下方的空间，食指指向偏上方的位置。

“这边的墙壁是不是有点奇怪？”

秀悟一听，仔细观察洁白的墙壁。他看了好一阵子才发现，白板下方的阴影部分似乎微微向内凹，手指似乎能伸进那块凹槽里。

“这里面可能有仓库之类的空间？”

秀悟蹲下身，肩膀不小心碰到白板笔槽上放的马克笔，眼看就要掉到地板上。秀悟急忙在半空中接住马克笔，收进白袍口袋。

秀悟再次伸出手，指尖扣住凹槽往旁边一拉。外表看似墙壁的某一部分发出细碎的声响，稍微松动了一下。这里头肯定有些什么。秀悟试着使力，指尖感受到痛楚，同时墙壁突然整片移向一旁。

“这是……”爱美愣愣地呢喃道。

秀悟也维持半蹲的姿势僵在原地。

“电梯？”秀悟悄声吐出这个词汇。

白板内侧出现一扇电梯。秀悟脑筋一下子转不过来，微微蹙眉。

他原本以为里面是仓库，却出现一座电梯。这究竟是怎么回事？这间医院应该只有外面通往一楼到四楼的那一座电梯，那眼前的这座电梯到底是……

秀悟脑中忽然掠过电话线被剪断的画面，半开的嘴发出“啊”的一声。

“怎么了？这是电梯吧？”爱美一脸疑惑地说。

“就是这个，院长就是用这座电梯抵达手术室。”

“咦？”

“这座电梯一定是连接到五楼的备品仓库，所以田所才能破坏手术室的电话，还不被小丑察觉。”

“也就是说……院长一开始就可以从这个地方下楼，他却一直瞒着我们？”

“……很有可能。”

“为什么要这么做？只要有这台电梯，大家说不定能顺利逃出去啊！”爱美的声音蕴含着愤怒。

正如她所说，他们只要像刚才一样，在楼上制造骚动引开小丑，就能趁着这段时间搭上这座电梯，一口气逃到一楼。虽说后门遭人封锁，能否成功逃离还很难说，但至少能策划出比较安全的计划。但是院长却冥顽不灵，坚持隐瞒这座电梯。他是认为自己一行人逃走会危及患者吗？或者还有其他理由……

“总而言之，我们先从这里逃走。”

秀悟伸进白板下方按下按钮。电梯门发出轻微的运转声，立刻打开了门。秀悟与爱美压低身躯，穿越白板下方进到电梯里。

电梯内部相当宽广，深度大约有两米。可能是为了方便运送担架上的患者。

墙壁内侧也有小小的凹槽。秀悟伸手关起墙上的拉门。这么一来，小丑就不会察觉这里有一座电梯。

电梯门自动关了起来。秀悟望向电梯门旁的操控面板，上头只有标示“开启”“关闭”的按钮，以及画有上、下箭头的按钮。秀悟与爱美对看一眼，按下上升箭头的按钮。电梯同时开始上升。

爱美揪住秀悟的手臂，她的手传来些微颤抖。秀悟抿紧了嘴。

电梯没多久便停止上升，电梯门开启得相当缓慢，仿佛在挑战两人的耐性。日光灯的光亮射入开启的电梯门内。

秀悟探出头，观察外头的情况。那是一条稍短的走廊，长度只有数米左右，亚麻油毡质地的地板透出光泽。

秀悟确认走廊上没有任何人影后，走出电梯，并对爱美招了招手。

“这里是哪里呀？看起来不像仓库呢。”爱美踏进走廊，开始四处张望。

秀悟也抱持相同的疑问。

眼前可见的范围内除了电梯之外，还有两扇门。一扇是厚重的铁门，位置在走廊尽头；另一扇则是拉门，位置在走廊的中段。

“那一头的门会不会就是五楼那扇上锁的门呢？”爱美指着走廊尽头。

“不，这条走廊的长度加上院长室那一侧的走廊之后，还是比其他楼层的走廊稍微短了一些。那扇门的另一头可能就是仓库，仓库再过去才是连接到院长室那一侧的走廊。”

秀悟提防四周，小心翼翼地来到走廊尽头，抓住门把使劲一转。但不论秀悟又推又拉，这扇门仍旧纹丝不动。

“……似乎上锁了。”秀悟放开门把。

“那我们被关在里面了吗？”爱美不安地说道。

这扇门打不开，小丑又守在一楼。现在的他们的确是被关在这里。

“可以这么说。”

“……不过，院长他们有时候会不会就是躲进这个地方呀？刚才我们去三楼的时候没看到他们两个，应该就是躲在这里吧？”

秀悟听见爱美点出这个问题，看了看两扇房门。他发现这个可能性相当高。

假如田所两人就在房内，他们是在铁门另一侧的“备品仓库”，还是走廊中段的那扇拉门后方？

秀悟来到拉门前方他的手伸向拉门，却在触碰到门把的前一刻停了下来。

田所等人有可能就待在这扇门后。田所等人极力想隐藏这个地方，而他们还有杀害佐佐木的嫌疑。

不，他们不仅仅是有嫌疑。秀悟的表情显得严肃了起来。

一楼方才是空无一人，因此降低“复数名小丑”成真的概率，然而田所、东野杀害佐佐木的可能性却相对提高。

他们现在无疑是越来越接近这间医院的“秘密”。假如他们现在碰上了田所跟东野，秀悟无法想象两人会做出何种举动。

“秀悟？”爱美出声呼唤秀悟，同时也解开秀悟全身的束缚。

他继续犹豫也无济于事。田所与东野随时都有可能出现在这里，既然如此，就由秀悟他们率先出击。秀悟深深吐出气息，心意已决，便抓住门把手。拉门被拉开，滑向一旁。

秀悟做好准备，探头查看房内。房内大约有六坪大小，整个房间阴暗漆黑。秀悟的目光迅速扫过房内每个角落，并未发现田所等人的身影。

这间房间乍看之下仿佛旅馆的客房。房里摆放着相当高级的沙发与茶几，墙上挂着风景画。不过，房间中央的床铺吸引了秀悟的注意力。

秀悟目不转睛地观察着。这是一张朴素的病床，与房内的摆设相当不搭调。病床上躺着一个男子……不，应该称这个人为“男孩”。男孩双眼紧闭，脸上残留一分稚气，外貌看来年纪似乎还没上中学。秀悟小心压抑脚步声，走进房内。

“……小孩子？”爱美随后进到房内，她见到病床上的男孩，悄声说道。

两人怀着戒心靠近病床。病床旁放着一台屏幕，屏幕上显示着心电图、心率、血氧浓度等信息。仔细一看，男孩的颈部延伸出细小的点滴管线。

他身上置放了中心静脉导管[1]吗？秀悟以指尖轻触塑胶制的细

---

[1] 中心静脉导管，属于血管内导管的一种，放置于大静脉中。主要用途为测量中心静脉压（central venous pressure，CVP）、大量而快速的静脉输液、作为长期肠外营养、长期抗生素注射、长期止痛药注射的给予途径或血液透析之管道。

小导管，接着望向点滴架垂下的点滴袋。男孩身上注射的是补充水分、电解质的一般点滴液，搭配抗生素与合成麻醉药剂。

这种配法……秀悟眉间的皱纹凑近鼻根，他拉开男孩身上的毛毯，解开手术衣的衣绳。

“你在做什么呀？他会醒来的。”爱美压低音量说道。

“没问题的，有人给他注射了合成麻醉药剂进行静脉镇静，他没那么容易醒来。”

“合成麻醉药剂……是吗？”爱美诧异地重复一遍。

“是啊，而且是药效相当强的止痛剂。使用这种止痛剂的患者大多是疼痛强烈的癌症患者，或者是……”

秀悟拉开男孩身上的手术衣。橙黄色的昏暗灯光映照出男孩赤裸的上半身。男孩身材消瘦，肋骨相当显眼，他的左上腹贴着一块大型纱布。秀悟缓缓卷起纱布。

“这是大型手术的疤痕。”

纱布掀开后，下方出现一条手术疤痕，长度超过十五厘米。爱美轻轻倒抽一口气。

秀悟将脸凑近伤口。尼龙线缝合过的伤口已经结痂，但是还微微渗血。男孩的伤口很新，至少是最近两三天才开过刀。

两三天以内的手术疤痕……秀悟回想起数小时前在三楼见过的男患者。那名男患者和这个男孩是同时期接受手术。

“那这个男孩子也开过刀啰？这孩子也是医院的患者吗？”

“……似乎是。”

“可是这孩子为什么会住在这么隐秘的病房里呢？院长拼命想隐瞒这孩子的事吧？”爱美疑惑地说道。

正如爱美所说，院长打算彻底藏匿这个男孩，但是他为什么要做到这种地步？这个男孩住在隐秘的病房里，接受过大型手术。他究竟是什么人？

“佐佐木口中的‘还有一个人’，该不会就是指这孩子吧？她想告诉我们，医院里还有一名秘密住院的患者。”

“是啊……有可能。”秀悟双手扶住头部。

这几个小时中，他在医院目击了各种各样的情况，这些线索现在慢慢集聚成形，但是事件的轮廓还相当模糊。秀悟焦躁地咬紧牙根，不断运转脑袋。

“咦？”爱美的惊呼打断了秀悟的思绪。

“发生什么事了？怎么发出怪声？”

秀悟一问，爱美指着男孩的左手。

“你看这里。这孩子的左手有点奇怪。”

秀悟闻言，垂下视线看去。少年的手臂宛如枯木般瘦弱，而他的手肘内侧浮现一条直径约两厘米粗的血管，不断跳动着。乍看之下仿佛有一条蛇在皮肤底下爬动。

“……这是动静脉瘘管。”

“动静脉瘘管？那是什么呀？”爱美听见秀悟的低语，开口问道。

“动静脉瘘管是指以手术连接手臂的动脉与静脉后的部位。

只要将深层的动脉与皮下的静脉互相连接，就能从该处采集大量的血液。但是时间一久，静脉血管会因为长久施压而膨胀，有时会变得跟这孩子的血管一样。”

“采集大量血液……有必要做这种事吗？甚至还要特地开刀。”

“这种手术是为了做血液透析。血液透析必须花费长达数小时的时间，抽取大量的血液，清除血液中的废物、杂质之后，再导回身体。所以才在手臂上施以动静脉瘘管手术，从该处抽取血液。这孩子一定患上了肾衰竭……”秀悟话说到一半，忽然沉默不语。

“秀悟？”

爱美一脸狐疑地查看秀悟的表情，但是秀悟没心力回答她。秀悟口中发出含糊的呻吟。

患有肾衰竭的男孩、左上腹的手术疤痕、并排的手术台、金库的巨款，以及孑然一身的患者们……

这间医院的“秘密”，原本模糊的轮廓忽然急遽清晰了起来。

“……移植。”秀悟微张的双唇吐露这个词汇。

不可能。无论有任何理由，他们都不可能这么做。

秀悟急欲否定自己脑中的恐怖想象。但是他越是思考，脑中的想象越是逐渐转为肯定。

“病历表！”秀悟大喊一声，视线飘向病房的各个角落。

他没多久就寻到了他的目标。屏幕下方的架子上摆着病历表。秀悟的手隐隐颤抖，取出了病历表。

病历表的姓名栏只标注着“No.12”。秀悟急忙翻阅病历，翻找他想找的页数。他立刻就找到了那一页——上头粘贴血液资料的页面。

秀悟在昏暗的病房中，专注阅读资料。

……果然如此。

秀悟眼前一黑，双脚跄踉不稳。

这份资料记载着显示肾功能的肌酸酐含量，代号为“Cr”。一周前的血液资料肌酸酐含量为“4.12”，是典型肾衰竭患者会有的数值。但是在最新的血液资料中，肌酸酐含量却降到了“0.82”。

秀悟借由这份血液资料，以及今晚目击的各种情况，导出了唯一的答案。病历表从秀悟的手中悄然滑落。

“秀悟……怎么了？”爱美见秀悟垂下双手，低头不语，忧心地呼唤他。

秀悟无力地抬起头，喉头勉强挤出嘶哑的声音：

“这孩子……做过肾脏移植。而肾脏提供者就是刚才倒在三楼的那名男患者。”

3

“……冷静一点了吗？”爱美关心道。

秀悟则是抱着双膝，点了点头。

大概十五分钟之前，秀悟察觉了令人心惊胆战的事实，便摇摇晃晃地走出病房，瘫坐在走廊上。真相带来的冲击太过庞大，他无法马上接受现实。

秀悟坐在地板上，抱头苦恼。爱美坐在秀悟身旁，仿佛母亲在安抚孩子一般，轻抚他的背部。

“已经……好多了。”秀悟深深吐出气息，这么说道。

脑中的混乱尚未完全平复，但他已经渐渐恢复平静。

“那现在能解释给我听吗？秀悟究竟发现了什么？你说了‘移植’两个字，但我还是听不太懂。”爱美表情严肃地问道。

秀悟再次呼出肺中囤积的空气，直视爱美的双眼。

“……这间医院违法进行手术。而那间病房里的孩子接受了这项手术。”秀悟尽可能不带情感地解释真相。

“违法的手术？呃……那孩子是什么人呀？”爱美仍然不太能理解情况，她皱起眉头问道。

“他曾经患上肾衰竭，可能是有钱人家的小孩。”

“有钱人家？”爱美惊讶地回问。

“肾衰竭是非常严重的疾病。患者的肾脏无法正常运作，要是放着不管，患者不到一周就会丧命。所以患者必须借由血液透析净化体内的血液，以延续性命。但是血液透析治疗非常痛苦，他们必须在手臂上刺入粗针头，花上数个小时将血液导入机器中循环、净化。这种疗程每周至少要做三次，而且终其一生无法停止。”

秀悟淡淡地诉说，爱美则是默默聆听。

“这种治疗连大人都难以忍受，更别说如此幼小的孩童。更何况，血液透析并非万能，长时间进行透析疗程更可能产生各种各样的并发症。只有一个办法能让肾衰竭患者脱离透析疗程的折磨。”

“有方法治愈吗？”

“没错，就是肾脏移植。只要移植他人的肾脏取代自身的肾脏就行了。”

“他人的肾脏……要上哪儿找别人的肾脏呀？”

“大部分的案例是由家人提供。从活人体内摘除一颗肾脏，移植给患者，称为‘活体肾脏移植’。人类的肾脏有两颗，即使剩下一颗肾脏还是能勉强过滤体内的血液。但有时候即使家人愿意提供器官，还是会出现不兼容导致无法移植的案例。这种情况就只能登录器官移植中心，等待尸体肾脏移植的机会。”

“尸体……”爱美的脸上闪过一丝畏惧。

“没错，人只要生前表达愿意提供器官捐赠，死后就可以在家人的同意下摘除器官，作为移植使用。但是现阶段需要器官移植的患者远远多过器官捐赠者。”

“原来如此……”爱美隐隐点了点头。

“也就是说，有非常多肾衰竭患者即使强烈希望接受移植，他们也没有肾脏可用。这些人只能持续进行血液透析，期待自己有一天幸运获得移植的机会。原本应该是如此……”

爱美听见秀悟话中有话，脸上不由得紧张了起来。

“原本……这是什么意思啊？”

“有人会花上大笔金钱，从正规管道以外的方式获得器官。”

“大笔金钱……也就是说，用钱……”

“没错，就是花钱买器官。人体摘除单边肾脏还是能存活，肝脏则是保留一定程度的部分，切除的部分事后还是会再生。因此据传在东南亚之类经济较为贫苦的国家，私底下会进行违法买卖器官。”

“怎么会……真的有这种事……”爱美单手捂住嘴，无言以对。

“我只是听说，实际上我也不清楚传闻哪些部分是真，哪些是假。”

“那……那间病房里的孩子也是接受这种违法的器官移植吗？……利用国外买来的器官？”爱美颤抖的指尖指向数米前方的病房房门。

“……不，并非如此。从某方面来说，这间医院的行为更加恶劣。”

秀悟无力地摇摇头，继续解释：

“移植用的器官自提供者的体内摘除之后，必须尽快进行移植，所以几乎不可能使用国外送来的器官。但是这间医院是在院内取得器官，再移植到患者身上。”

爱美微微皱起眉头，她一开始还不明白秀悟的意思，几秒之后便露出瞠目结舌的表情。

“这……该不会是……”

“没错，这间医院从住院患者身上摘取肾脏，移植到别的患者身上，所以这里的手术室才会有两个手术台。先从一边的患者身上摘除肾脏，再立刻移植到隔壁手术台的患者身上。这间医院里同时住院的患者维持在六十人以上，人数众多，相对容易找出符合受移植者的器官。这间医院在某种意义上，可以说是移植器官的展售会。”

“……做……做这种事应该马上就会露馅呀……像是被患者的家属发现……”

“住进这间医院的患者大部分是孤苦无依、身份不明的，再加上患者本身意识也不清楚。他们是特意挑选、收留这类患者，因此不论他们如何对待患者，曝光的风险都相当低。”

爱美粉唇半开，当场僵在原地。

“田所、东野、佐佐木三人都参与了这项手术。那些人一定是透过血液检测找出身上器官与委托者相符的患者，再以病况恶化为由将患者带进手术室进行器官摘除手术。而接受移植的患者就经由这座秘密电梯，从一楼手术室前的走廊搬送到这里。田所三人就像这样进行违法器官移植，获得大笔的金钱。院长室的金库里不是放了三千万日元？那笔钱一定是手术费吧。因为是见不得光的黑钱，才会放在那种秘密金库里。”秀悟冷淡地说道。

“那么……难道便条上的那七名患者就是……”

“是啊，那七名患者一定都被迫摘除肾脏。所有人都经历怪异的紧急手术，而且现在仔细一想，他们的肾功能在术后都有些微衰退的情况。肯定是被人摘走肾脏的关系。”

爱美听完秀悟的解释，低头嘀咕道：“……太过分了。”

“是啊，很过分。这是恶劣至极的犯罪行为。田所害怕警察潜入会揭穿他们的罪行，才会那么拼命阻止我报警。他们一定是打算在小丑离开之后，趁着警察抵达之前偷偷将那间病房里的男孩送往别的地方。”秀悟闭上双眼，沉重地叹了口气，做出结论。

“……这就是田所拼死隐瞒的‘秘密’。”

走廊陷入静默，一片沉重如铅的静默。一切真相大白，但其内容却令人十分惊骇。秀悟与爱美只能低下头，无言以对。

“……那小丑呢？”

“咦？你说什么？”秀悟抬起头看向爱美。

“小丑会闯进这间医院，应该和这个‘秘密’有关吧？他也是因为这个‘秘密’，才会对我开枪、挟持我当人质，没错吧？”爱美的语气隐含着难以压抑的愤怒。

“……我不知道。”秀悟老实回答道。

他回想起小丑至今的行为，那个男人看似怀抱某种目的才潜进这间医院，偶尔却又表现得相当轻率。

小丑的目的究竟是什么？为什么手机无法使用？是谁将便条夹进病历里的？又是谁杀害佐佐木的？

尽管已经解开了一部分“秘密”，但整个事件仍然谜团重重。

“……之后该怎么办呢？我们到底会变成什么样子？”爱美有气无力地低喃，对秀悟投去求助般的眼神。

秀悟缓缓环视整条走廊。

他们的现状如同走进了死胡同。即使搭乘电梯下楼，一楼还有小丑守株待兔；延伸至备品仓库的铁门仍旧紧紧上锁；男孩居住的病房窗户可能也设置了铁窗，更何况他们根本不可能从五楼的窗户逃离医院。

“……我们就继续在这里等着吧。”秀悟仰头望向天花板，淡淡说道。

“等？要等什么？”

“等着时间流逝呀。你看。”秀悟指着左手腕。

手腕上挂着手表，表上指针已经指向凌晨四点八分。

“再过不到一个小时就要五点了，早出门的员工应该会在那个时候来上班。小丑最好在那之前离开医院，他到时要是还继续潜伏在医院里，应该会有人通知警察。与其轻举妄动，还不如老实地在这里等着……”秀悟说到这里，走廊上突然传来开锁声。

秀悟与爱美同时望向声音来源。

走廊尽头的铁门缓缓朝着内侧开启。秀悟急忙站起身，护在爱美身前。

铁门门缝中钻出了人影，那两人都身着白衣。

田所与东野走进门内，一看见站在走廊上的秀悟两人，一时之间目瞪口呆。

“为……为什么你们会……？”田所张大了嘴，含混不清地问。

“……当然是搭电梯来的，我们搭上了那座秘密电梯。”秀悟犹豫了片刻，沉声说道。

事到如今他们不可能蒙混过关，只能正面出击。

“电梯……你们是怎么到一楼……”

“那种事根本无关紧要。”秀悟面对哑口无言的田所，语气冰冷地说道。

“比起我们，您为什么要隐瞒那座电梯的事？要是能善用那座电梯，我们搞不好逃得出这座医院啊？”

“那是……假如我们逃走了，那个小丑可能会杀了患者……所以……”

“少说谎了！”秀悟愤怒地打断田所的胡言乱语。

田所扯了扯唇。

“您根本不在乎院内的患者吧。不，不对，严格来说您只打算保护那一名患者而已。”

“你该不会……”田所的视线立刻飘向秀悟身旁的病房房门。

“没错，我已经去过那间病房，也看到在里面沉睡的孩子。”

田所闻言，双眼开始游移不定。

“那……那孩子是……某个政治家的私生子……那个……他得了难以治愈的绝症，又害怕孩子曝光，所以才安置在那间病房里……好让那位政治家可以私下来探病……”田所断断续续地说着。

秀悟装腔作势地大叹一口气。

“院长，您没必要特意想借口，我已经都知道了。那名住院的男孩在这几天内接受过肾脏移植，而且应该是用刚才倒在三楼的那名男患者身上的肾脏吧。”

田所与东野的表情顿时有如火焰熔化的蜡烛，歪七扭八。

“不只是三楼那名男患者。你们在最近几年内，从好几名住院患者身上摘走肾脏，移植到别人身上，以换取大笔金钱。而且你们还为了隐瞒这件事，拼命妨碍我报警！”秀悟一口气说完，一时之间喘不过气。

“秘密”一旦曝光，田所会做出什么举动？秀悟无法预测。假设最糟糕的情况，他可能会打算杀人灭口。

秀悟隐隐站稳重心，握紧双拳。田所年迈力衰，脚上又有伤，只要秀悟不掉以轻心，就算遭到田所攻击还是有办法回击。秀悟战战兢兢地观察田所，田所则是全身隐隐颤抖着。

“……不可以。”田所低着头嘀咕着什么，但是声音太小，秀悟听不太清楚。

“什么？你说什么？”秀悟维持戒心，开口回问。

下一秒，田所猛然抬起头。

“到底有什么不可以！没错，就如同你说的，我是拿住院患者的肾脏移植给肾衰竭患者。但是那又如何！我是在帮助人啊！”田所肥厚的嘴唇不停颤抖，唾沫横飞地大喊。

“你……你在胡说什么？那根本是犯罪……”秀悟顿时目瞪口呆。

田所眼神锐利地盯着秀悟。

“我的确是犯了罪，而世人也会将我当作罪犯逮捕。但是啊，患者接受移植之后就能脱离血液透析的折磨，他们可是很感激我的！”

“接受移植的那一方或许是如此，但是提供者呢？你可是擅自切开他们的身体，摘走他们的器官啊！”

“他们早就死了！”

秀悟听了田所的发言，不禁怀疑起自己的耳朵。

“你……到底……在说什么？”

“你也观察过这间医院的患者们了吧。大部分的患者都是昏迷不醒，或是等同于无意识的状态。他们的意识几乎不可能恢复正常。他们的身体的确是活着的，但是生而为人的那部分早就死亡了！”田所握紧拳头，再三强调自己的主张。

秀悟见到田所的态度，心中的厌恶几乎要令他反胃。

“少胡扯了！你凭什么这么判断？深度昏迷的患者还是有可能恢复意识啊！”

秀悟大喊的瞬间，田所与东野的神情隐约出现动摇。他当然注意到两人的神情。

“……器官遭到摘除的患者当中，有人恢复意识了，是吧？”

田所与东野面对秀悟的追问，始终保持沉默。但两人的态度足以证实秀悟的预料。

“那名患者……后来情况如何？你们该不会……”秀悟张嘴结舌，半天说不出话来。

田所根本不把住院病人当人看待，万一有患者在摘除器官后恢复意识，他究竟会采取何种行动？秀悟光是想象就感到战栗。

“没有！我才没有做出那么伤天害理的事，你别胡思乱想。那名患者已经彻底丧失出事前的记忆，所以我们告诉对方身上原本就存在手术疤痕，对方也接受了这个解释。现在是让对方正常进行复健，以便日后有机会回归社会。”田所扯起嗓子极力解释。

秀悟则是抛过疑心重重的眼神。

“……但你原本就是擅自切开患者的肉体来致富。无论你如何事后掩饰，都无法抹灭你犯下的罪行。”秀悟沉声说道。

只见田所讥讽般地勾起嘴角，露出僵硬的笑容。

“你……你从刚刚开始就一副高高在上地指责我，但从某方面来说，你也是共犯呀。”

“共犯？！你说我？”秀悟听见意料之外的指责，嗓音顿时高了八度。

“没错。你的确不知道我们摘走患者的器官，但是你应该很清楚，这间医院是仰赖这些昏迷不醒的患者维生的！”田所激动得滔滔不绝。

“对意识不清的患者装设鼻胃管、胃造瘘管[1]，或是经由中心静脉注射点滴，强迫患者摄取营养；肾衰竭患者则是不断重复进行血液透析；患者稍微发烧就开大量抗生素。你以为这种治疗真的是为患者着想吗？这种强制续命的治疗，在现在的日本不过是稀松平常的事。我们医院就是像利用这种方法赚取医疗费用，而你就在这种医院工作！”

“我只是尽值班医师的职责，治疗病情恶化的患者而已！”

秀悟气得涨红了脸，田所的指责实在是强词夺理。

“你想说自己只是每周轮班一次，就不用负任何责任吗？我们可是用榨取来的医疗费用支付你的轮班薪水呢。打从你领取我们医院薪水的那一刻开始，你就是这间医院的一员，你当然必须为院内发生的一切负责任！”田所嘶吼着，但是他的主张根本是一派胡言。

秀悟放弃反驳田所。这个男人处于这种状态下，跟他说再多都是白费唇舌。更何况……田所的话多少有一点道理。

秀悟回想起他在院内见过的患者们。这些患者全都是借由不自然的疗程，强行维持他们的生命。而秀悟的确属于加害者那一方。

“秀悟……”身后传来爱美担忧的呼唤。

---

[1] 胃造瘘管，此项手术会在胃及腹壁上打洞，从体壁放入灌食管，不经过鼻子及食道进行灌食。

秀悟回头悄声说了句：“没问题的。”接着他往田所的方向踏进一步。田所双眼充血地凝视秀悟。

“我是不知道自己需不需要为此负责，但假如我能平安走出这间医院，我会马上前往警局招供。所以请您别再挣扎了。”

田所龇牙咧嘴，狰狞得甚至连牙龈都露了出来。

“等……等一等！这件事没那么简单，不是只有我会出事！要是这件事公之于众，会引起轩然大波……”

“……也就是说，接受移植的对象中有公众人物，是吧？”

“……是啊，没错。”田所犹豫地点了点头，接着将上半身凑了过来。

“假如……假如你愿意保密，我可以分你一杯羹。手术费的金额可是相当庞大呢。”田所露出献媚的笑容。

秀悟漠然地直视田所，脑中不断模拟今后的对策。

“当然，这边这位小姐如果愿意一起保密，我也会支付谢礼。你今晚卷进这场意外的确是相当倒霉，但我会支付相应的金额补偿你。你意下如何？”

“别开玩笑了！我根本不屑……”

爱美正要高声抗议时，秀悟忽然举手制止她。爱美诧异地低喃：“秀悟？”

“多少钱？”秀悟收起下颌，目光朝上望着田所问道。

田所的神情豁然开朗，身后的爱美则是倒抽一口气。

“你……你问多少钱吗？我现在立刻能准备大概五千万日元，

但是你如果愿意稍微等一等，还能再抬个价，大概……还可以拉到七千万左右。”

“我明白了，可以。就七千万，我和她对半分。”

“你在胡说什么呀？！”爱美尖叫似的怒斥。

秀悟转头看向爱美：

“好了，你就听话照做。我们都遭受这种无妄之灾了，不拿点补偿说不过去。更何况，突然能一下子到手三千五百万，倒也还不坏。”

“你……是认真的吗？”爱美瞪大双眼，语带颤抖。

“没错，我是认真的，这么做最适当。你现在或许没办法接受，但是等你之后冷静想一想，自然会明白这个选择最正确。”

“那患者、被摘除肾脏的患者们该怎么办呀？！”

“刚才院长也说过，这些患者恢复意识的概率极低，他们不会抱怨的。不只如此，这些患者看到自己的器官救了别人一命，反而该开心吧？”

“刚才不是说……还是有患者恢复意识……”

“哎呀，那个人就只能请他放弃了，算对方倒霉。没问题，对方还留下另一边的肾脏，可以正常维持日常生活。”秀悟冷淡地说着。

爱美的粉唇垂下，手掌使劲一挥。“啪”清脆的声响回荡在走廊上。

“……满意了吗？”秀悟轻抚被打过的脸颊。

爱美随即撇开视线，姣好的脸蛋极度扭曲，仿佛在强忍痛楚。

“那个……她没问题吗？”田所开口询问秀悟。

秀悟耸肩苦笑：“没问题，我会说服她的。她也不笨，好好解释清楚，她自然明白怎么做比较好。”

“那就好……”田所忐忑不安地望着爱美。

“院长，先不说这个，要是这次能顺利瞒天过海，您还会继续进行器官移植吧？”秀悟随口问道。

田所则是含糊其词：“不……这个嘛……”

“拜托，千万别在我刚入伙的时候就洗手不做了。我都一起冒这么大的风险，之后不多赚点划不来啊。我至今不太有机会获得赏识，但我自认身为外科医师的技术还算不错。我可以助手的身份协助您，就麻烦您多提拔了……尤其是这方面。”秀悟以拇指和食指做了个圆形的手势。

“……我明白了，我会想办法让你也赚到钱，这总行了吧。”

“当然了，成交。”

秀悟笑容满面地伸出手。田所则是略显迟疑地握住秀悟的手。

“那么院长，我们接下来该怎么办呢？”

“啊，是啊，也是。我想我们就在这里等到小丑离开为止。那边的门是铁门，很坚固，而且在备品仓库那一侧也做了伪装，很难看出这是一道门。小丑一定没办法进来这里。只要等五点一到，那个小丑离开了，我们藏好该藏的东西，就可以通知警察……”

“那个小丑真的会离开吗？”秀悟低声嘟囔。

“啊？什么意思？”

“就是字面上的意思。院长，我们已经是‘共犯’了，请老实回答我。”秀悟说到这里，转眼便没了笑容。

“小丑的真实身份，您有头绪吗？”

“我……我怎么会知道那家伙的身份……对吧？”田所立刻问向一旁的东野。

东野露出憔悴至极的神情，疲惫地点了点头。

“真的不知道吗？院长认为……不，是您以为那个男人是抢劫犯，但或许还有其他可能性也说不定。”秀悟收起下颌，双眼狠瞪着田所两人。

“你……你说什么……”

“刚才我也说过了，假设那男人只是一名抢劫犯，他的举动未免太古怪了。院长当时从院长室的金库拿钱交给那个男人，但他似乎更在乎钱以外的东西。三千万，他明明得到这么一大笔钱，却没露出一丝喜色，反而怒气冲天，打算对您开枪。”

“这……”

“那个小丑不只是抢劫犯，他的目标可能一开始就是这间医院。假如真是如此，恐怕五点一到，他也不一定会离开。我们是不是该思考一下要如何应对这种情况。”秀悟悄声说道。

田所闻言，喉头发出“咕噜”一声，吞了吞唾沫。

就在此时，“叮——”秀悟身后忽然传来清亮的电子音。秀悟反射性地回头一看，他的喉咙不由得发出浑浊的呻吟。

“你们居然跑来这种鬼地方。”小丑走出电梯，他的语气不同于面具上的笑容，十分凶恶。

4

“为……为什么……”秀悟勉强挤出沙哑的问句。

小丑举起持枪的右手，缓缓向前走去。秀悟急忙护在爱美身前。

“为什么？你是问我为什么找得到电梯吗？”小丑威胁似的说，渐渐靠了过来。

秀悟等人一步一步向后退去。

“我关掉那台吵翻天的电视之后回到一楼，就听见手术室那里有声音。跑去看了一下，结果根本没人，我心想可能有人躲在附近，只好死命地在手术室跟走廊上找来找去。接着就发现墙壁开了条缝。”小丑说得唾沫横飞。

秀悟听着小丑的解释，脸色越来越难看。他搭上电梯时应该从内侧关上暗门，但是还是没关好吗……后悔一点一滴地折磨着秀悟。

“我一拉开，里面突然出现一座电梯，吓了我一大跳啊。总之我先搭上来看看，就看到你们几个在这里啦。喂，我说院长大人，这里是什么地方啊？”

“……这里是五楼仓库的内部。”田所畏畏缩缩地说道。

“仓库？院长室再过去的那扇门就连到这里呀。可是仓库里怎么会有这种走廊咧？”小丑将枪口指向田所，不耐烦地问道。

“这里……这里是 VIP（贵宾）用的病房。有些患者不愿意让人知道自己住院，所以才建了这里让他们可以私底下入院，就只有这样而已。”田所顿了顿，接着急忙解释。

他口中的解释并非谎言，但也不完全属实，听起来比胡乱掩饰还要真实多了。

“也就是说，有 VIP（贵宾）住在那间房间里呀？那他应该比你们还值得抓来当人质嘛。”

“现……现在住在里面的是小孩！他……他是我的外甥，我让他住进那间房里，比较方便我常去检查病情。拜托不要伤害我的外甥！他还只是小学生啊！”田所拼命扯谎掩饰。

小丑面具上露出的双眼缓缓眯起，他手上的枪仍然对准秀悟等人，同时靠近病房房门，微微拉开拉门窥视房内。

小丑没多久便关上房门，懊恼地嘀咕：“还真的是小孩啊。”

“不……不要对那孩子动手，拜托你了……”田所摩擦着双手，仿佛在求神拜佛似的。

“说什么废话。只要你们老实点，我也不想伤害小孩子啦。”小丑用力啧了一声。

田所则是双手合十，露出放心的神情。

“……总之，你们所有人都给我回楼下去。那边的门出得去吧？快走。”小丑抬了抬下巴。

秀悟等人遵照指示，由田所带头慢吞吞地往走廊前进。

备品仓库里放着大量的病历及医疗器材等物品。小丑手上的枪仍旧瞄准秀悟一行人，他们穿过备品仓库，走到院长室前的走廊，沿着楼梯抵达二楼。田所脚上有伤，所以一行人光是走到二楼就花了快十分钟。

“好了，你们先搬椅子过来坐下。”

秀悟四人一到达透析室中央，小丑便下达指示。

“……你要我们坐在这里做什么？”秀悟语带戒心地问道。

小丑冷哼一声。

“我要把你们绑在椅子上，免得你们又搞些有的没的。喂，这么说起来是不是还有一个女的？那个没啥存在感的女人，她跑哪儿去了？”小丑开始在透析室左顾右盼。

“搞什么鬼，那个女人该不会一个人躲在别的地方吧？”

秀悟见到小丑蹬了蹬地板，不禁皱眉。小丑是刻意假装，还是真的不知道佐佐木已经死了？他无法判别。

“喂，我在问你呢？那个护士去哪儿了？”小丑望向秀悟。

秀悟一时迟疑，正犹豫该如何回答，一旁忽然响起尖叫声。

“不就是你杀死她了吗？！”东野在这数十分钟内几乎默不作声，此时却突然涨红了圆脸，放声大叫。

“你装什么！就是你，是你杀了佐佐木啊！你为什么要杀掉佐佐木？你这个杀人凶手！”东野双眼充血，嘴角沾着唾沫，不断吼叫。

小丑瞪大了双眼。

“我杀的？你在鬼扯什么？我根本没杀人……”

“除了你还会有谁啊！佐佐木原本下个月就要结婚了，早就准备辞掉医院的工作。为什么变成这样……”东野双手捂住了脸，无力地跌坐在地，原本圆滚滚的身躯缩得更圆。

小丑茫然地望着东野抽泣的模样。

“什……什么啊……居然真的有人死了吗？不会吧，我根本……”小丑半开的嘴中吐出微弱的低喃。

秀悟平静地观望混乱不堪的局面。小丑与东野慌张的态度，乍看之下都不像是装出来的。假设这两个人并没有动手杀害佐佐木……

秀悟的目光立刻飘向站在一旁的田所。

下一秒，秀悟瞪大双眼，视线遗留在半空中徘徊着。他刚才似乎有一瞬间听见了“那个声音”。

是错觉吗？秀悟将全身神经集中在听觉上。虽然听起来非常、非常轻微，但是“那个声音”确实拨动了耳膜。

绝不是听错！秀悟如此断定，绷紧面孔。同一时间，在场所有人流露一丝动摇。

小丑立刻蹬地奔向窗帘遮盖住的窗户。他微微拉开窗帘，窥视窗外，接着僵在原地数秒，缓缓转过头看向秀悟等人。

“……这是怎么搞的？”小丑压抑情绪低声说道，接着慢慢拉开窗帘。

好几台巡逻车响着鸣笛声，一一冲进医院后方的停车场。

警示灯鲜红且不祥的光亮映照在小丑的侧脸上。

第四章　面具剥落

1

秀悟坐在铁椅上，低头望着手表。现在时间是凌晨四点五十分。原本再过十分钟，他们就能解脱。到时小丑会离开医院，所有人都能平安无事。但这份希望早已烟消云散。

秀悟看着小丑。警官包围医院之后大约经过二十分钟，小丑焦躁地在室内踱着步子，时不时拉开窗帘观察外头的情况。每当小丑查看完所有窗户，就能听见他咂舌的声响。由此可见，医院早已完全被团团包围了。

秀悟望向自身周遭。田所、东野以及爱美三人将椅子排在秀悟四周，坐在他的身边。三人脸上都显露浓浓疲态。

我的表情应该也很惨吧。秀悟感受到体内沉重的疲劳，并且凝视着爱美的侧脸。

秀悟答应加入田所成为“共犯”之后，爱美就再也没和他说过一句话。

爱美似乎察觉秀悟的目光，她抿了抿双唇，撇过头去。秀悟垂下头，深深地叹了口气。他现在很想跟爱美说说话，但情况似乎不允许他这么做。

裹着运动鞋的双脚闯入秀悟的视野中。秀悟抬起头，便见到小丑举着枪，站在自己面前。

“……是谁？”小丑恫吓般地沉声问道。

“是谁报警？”

没错，问题就在这里。到底是谁报警？秀悟在这二十分钟里不断思索这个问题，仍然得不出结论。

我和爱美曾经打算报警，却失败了；田所之前拼死也要阻挠他们报警，不太可能是他。那会是东野吗？因为佐佐木被害，东野的精神终于濒临极限，所以才违背田所的命令报了警？

“我在问到底是谁报的警啊？！”小丑歇斯底里地大吼，举起手枪左右晃动。

“我一开始就说过了，要是有人报警，你们所有人都会倒大霉。是谁？到底是谁叫警察来的！院长，是你吗？！”小丑一边嘶吼一边瞄准田所。

田所双手高举身前，全身蜷缩了起来。

“不是！我根本没有报警！不要开枪！”田所浑身发抖，奋力大喊。

秀悟望着田所，不断思考着。

先不说“是谁”，那人到底是“如何”报警的？医院内的有线电话全都打不通，手机也收不到信号，即使有人想报警也做不到。难不成是医院外的某人察觉异状，才报了警……

秀悟想到这里，房内突然响起了爵士乐。这欢乐的旋律实在不符现状，秀悟四处张望寻找声音来源。

“……是我的手机。”田所畏畏缩缩地从白袍取出折叠式手机。

手机打得通了？秀悟将手伸进白袍口袋，拿出自己的智能手机。液晶屏幕上的信号显示三格全满。

“谁打来的？”小丑沉声问道。

“我……我不认识这个号码。”田所扯着嗓子回答。

小丑沉默了几秒，朝着秀悟抬了抬下巴。

“你去接。”

“咦？我吗？”

小丑冷不防地命令秀悟。秀悟指着自己，愣愣地问道。

“没错，就是你。因为你看起来最冷静。废话少说，快点接。”

“呃……好，我明白了。”

秀悟急忙从田所手中接过手机，按下通话键后贴向耳边。

“请问是田所医生吗？”话筒中传来男人的声音。

语气听起来沉着，似乎是一名中年男人。

“不……田所医师现在无法接电话，所以……”

是田所的熟人吗？秀悟疑惑地回答。

“原来如此。我是警视厅的角仓，假如我搞错的话请见谅。

请问你就是躲藏在田所医院里的歹徒吗？”自称角仓的男人依旧沉稳地问道。

这通电话是警察打来的。事出突然，秀悟一时不知道该如何反应。

“那个……麻烦你稍等一下。”秀悟用手掌盖住话筒，看向小丑。

“是警察打来的！他在问我是不是犯人？”秀悟惊慌失措地说道。

小丑翘起嘴角：

“哈，终于打来了。听好了，你先自报身家，然后叫警察打到这个号码上。说完之后不要废话太多，直接挂断电话。明白了吗？”

小丑从牛仔裤的臀后口袋取出一张便条纸，上头写着一排“090”开头的电话号码。

“那……那个，不好意思，让你久等了。”

“不会，请别在意。那么我再重复一次，藏匿在医院里的男性歹徒就是你吗？”角仓在电话另一端重复了问题。

“不，我是其中一名人质，现在是应犯人要求与您对话。我叫作速水秀悟，是这间医院今晚的值班医师。”

“速水医师吗？我明白了。不过就警方收集到的信息，医院今日的值班医师应该是隶属于调布第一综合医院泌尿外科的医师，名字是小堺司。”

秀悟瞪大了双眼。警察得知医院遭到占据之后，应该还过不了多少时间，他们居然已经调查得如此详细。

“是，原本的确是小堺医师值班，不过小堺医师今天临时有事无法值班，才会由我暂代。我是小堺医师的学弟，我们在同一间医院工作。”

“原来如此，我明白了。顺带一提，是否能询问院内的情况？”

“不，犯人禁止我透露情报。另外，犯人要求警方之后重新打电话到另一个电话号码。我现在就告诉您号码，您手边有纸笔吗？”

“有的，请说。”

“麻烦您了，电话是090……”

秀悟报上便条纸上的号码，接着对角仓说了句：“我要挂电话了。”最后结束对话。

“我全都按照你说的去做了。”秀悟放下手机。

小丑满意地点了点头。

“很好，然后你们把手机全都关机。这间医院等一下应该会上新闻，可能会有记者拼命打电话到你们的手机里。”

秀悟点点头，顺从地照做。田所也从白袍中取出东野与佐佐木的两部手机，关闭电源。

“这个你拿去。”小丑从外套的内袋拿出一部小型手机，抛向秀悟。

秀悟双手接住了手机。小丑在手术室播放单波段程序时是使用智能手机，而现在秀悟拿到的是另外一部手机，外形朴素。

“这是？”

“这是从特殊管道弄来的预付卡手机，利用这东西就不用担心身份曝光。你就用这玩意儿和警察对话。”

预付卡手机？何必这么麻烦？秀悟心中的疑问正要脱口而出，手机的来电铃声便响了起来。

“喂，他再问医院的情况，我要怎么说呀？”

“无所谓，就老实告诉他……不过有人死掉的事不要说溜嘴，还有告诉他们，假如让我发现警察进到医院里，我会直接杀掉人质。”

“……我知道了。”

秀悟吞了口口水，按下通话键。

“喂，我是角仓，请问你是……”

“我是速水，刚才和你通过电话，犯人指示我与您对话。”

“速水医师吗？我希望能直接与犯人交谈，能否请您代为询问犯人的意愿？”

“好的。”秀悟再次遮住话筒，看向小丑，“警方说想直接和你对话。”

“我才不要。那家伙一定是谈判专家，要是直接跟那家伙对谈，搞不好所有事情就会被他牵着鼻子走。我会通过你跟他交涉，就这么跟他说。”小丑一口否决。

秀悟放开了话筒：“他说所有交涉都会通过我进行，似乎不愿意直接对谈。”

“我明白了。那么请帮我转达，假如他改变主意，我随时都愿意与他对话。那么速水医师，您是否能描述一下目前的情况？”角仓的态度仍旧沉稳，平静地问道。

“可以。现在院内的人质有医疗人员……四名、犯人带来的女子，以及六十名以上的患者。患者都待在三楼以上的楼层，我们五人则是被持枪的犯人囚禁在二楼。犯人威胁我们，万一警察闯入院内，他就要开枪射杀我们。”

“了解。那么能否请教一下该楼层所有人员的姓名呢？”

“我、院长田所医师、两名护理师东野小姐与……佐佐木小姐。最后是犯人带来的女子川崎小姐。”

“那位川崎小姐，就是犯人在调布市路旁挟持的女子吗？假设是的话，请告知我她的全名等个人资料，以便警方确认她的身份。”

“全名是川崎爱美小姐。爱情的爱，美丽的美。她表示自己就读于附近的女子大学……”

秀悟将目光转向爱美，打算询问她是就读哪里的大学，爱美却刻意撇过头去。她似乎还没原谅秀悟与田所同流合污。

“你们是要废话到什么时候？已经够了，快点挂断电话。”小丑不耐烦地抛下这句话，将手枪瞄准秀悟。

“犯人命令我暂时挂断电话。”

“请等一等。最后请代我询问犯人，他是否有任何要求？”

秀悟正要结束对话时，角仓这么问道。

“警方问你有没有要求。”

小丑闻言，裸露在外的嘴角扬起笑容。

“我在中午之前会提出要求，叫他们再等几个小时。只要他们愿意接受条件，我就释放人质。”

要求？他究竟想要求什么？秀悟皱起眉头，但还是一字不漏地将小丑的话转告角仓，接着结束通话。

“……这样就行了吗？”秀悟问道。

小丑眯起了眼：

“嗯，这样就行了……”小丑的语气显得意外平静。

秀悟只能默默地注视着小丑。

“这里是现场。昨晚一名男性歹徒闯入调布市的一间便利商店，开枪并抢夺现金。而现在该名歹徒挟持人质，躲藏在医院内部。另外有民众目击，歹徒在逃离之际绑架路旁的女子。根据警方表示，该名女子现在也成为其中一名人质。目前歹徒挟持该名女子，以及住院患者、院内大夜班医疗人员，总计高达数十人以上，人质的安全令人担忧。警方现在仍然尽力说服歹徒投降，但歹徒尚未有任何动静。以上是现场最新情况。”液晶屏幕里的女记者说得唾沫横飞。

小丑站在窗边，同时望着开启单波段程序的智能手机。他伸手碰了碰手机屏幕，切换频道。切换后的频道也播放着从外拍摄的田所医院。

时间早已来到早上六点。警察包围田所医院之后，大约经过一个半小时。早晨的新闻节目大多都在转播田所医院的挟持事件。

小丑将智能手里收进口袋里，从窗帘的隙缝望着外头。小丑在这一个小时内，每隔数分钟就会查看医院外头与新闻节目。

秀悟双手抱胸坐在铁椅上，不断观察小丑。秀悟与角仓结束对话后一个小时，在场成为人质的一行人几乎没有任何对话。爱美仍然刻意地躲避秀悟，田所与东野则是疲惫不堪，没力气主动开口。凝重难耐的沉默持续了一个小时，但多亏这段时间，秀悟总算能静下心仔细思考。

现在究竟处于什么情况，以及之后该怎么做。

他逼迫大脑运转至极限，最后终于得出一个假设。一个不合常理的假设，但是除此之外没有别的可能性。

既然如此……

秀悟以右手手指转动原本放在白袍口袋里的马克笔，左手拿着手机。他凝视手机，脑中模拟着接下来的行动，此时电话忽然响起来电铃声。应该是角仓打来的。这一个小时内手机响了好几次，但是小丑除了一开始的那一次，完全不准秀悟接起电话。

“电话又响了。”秀悟将手机举到小丑眼前。

“……别管它。”小丑百般无趣地回答，再次望向窗外。

秀悟确认小丑的举动之后，缓缓从铁椅上站起身。身旁的爱美脸上闪过一丝惊讶。

秀悟将食指搭在嘴前，阻止爱美开口，接着垂下目光，手中的手机仿佛要赖似的，持续大声响铃。

倘若自己的假设正确，这么做就能一口气推动现状。但如果自己猜错了……

两种想法激烈地盘旋着，内心摇摆不定。秀悟咬紧牙根，下定决心，将电话贴在脸旁。

"您好，是角仓先生吗？我是速水，我来转告犯人的要求。"秀悟急促地说道，并且慢慢退向透析室深处。

三名人质瞪大双眼望着秀悟。

"请在后门准备食物，什么都可以，尽快就好。咦？你们早就准备好以防万一了呀？好的，那也可以。"

"你搞什么鬼？！"小丑察觉秀悟的举动，放声怒吼。

但是秀悟仍然一步步向后退，口中不停说着：

"请警察把食物放在门前之后马上离开，由我们拿进医院里。当然，请警察不要进入医院，或是试图救走取餐的人质。犯人说你们要是轻举妄动，就杀光剩下的人质。"

"你在胡说八道什么，快挂断！现在就挂断电话！"小丑咆哮着，枪口瞄准十米外的秀悟，食指扣住扳机。

"那就麻烦您了，还有其他要求的话会再告诉您。"秀悟匆匆说完之后，抓着手机举起双手。

"……你在打什么主意？"小丑双眼充血，恶狠狠地瞪着秀悟。

"就是你刚才听到的，我要求外头准备餐点。警方说他们早就准备好了，马上就会拿到后门来。真是准备周到呀。”

秀悟语气轻佻，脸上浮现笑容，但内心却与表面相反，心疯狂跳个不停，背上冷汗直流。

这个男人应该不会在这里开枪。应该不会的……

枪口瞄准着秀悟，令他产生一种错觉，仿佛自己逐渐被吸进那枪口似的。秀悟努力压抑心中的恐惧。

“谁叫你去要食物的，我明明是叫你不要接电话！”

“是你这一个小时毫无动静，我才代替你提出要求。你从昨晚到现在什么都没吃，肚子一定饿了。你不饿我也饿了。我们不知道这种情况还要僵持多久，不吃点东西身体会撑不住。”秀悟扯起嗓子不停地说。

“多管闲事，你搞乱我的计划了！”小丑大步靠了过来，两人之间的距离缩短到两米左右。

“别那么气鼓鼓的。你一定是肚子饿了才会这么烦躁，总之就先让院长和东野小姐去拿餐点吧。至少他们两个人不会丢下住院患者逃走。”

“闭嘴！不准命令我，居然给我乱搞一通！”小丑举着枪，气得口水直喷，不断怒吼。

秀悟突然将手机凑到小丑眼前。小丑顿时浑身一震。秀悟见到扣在扳机上的手指隐隐使力，紧咬牙根。

“……那就你来。”秀悟从紧咬的牙间挤出声音。

“……啊？”小丑大吃一惊，下意识惊呼一声。

“我说既然你那么多抱怨，何必把手机交给我，自己去跟警察交涉啊！你明明是个胆小鬼，只敢躲在我背后跟警察周旋，少嚣张了！我才不想继续空等下去！”秀悟的声音震撼房内的空气。

田所、东野、爱美三人坐在十米外的位置，屏息关注情况如何发展。

小丑默默不语，锐利的眼神目不转睛地盯着秀悟递出的手机上。房间的气氛逐渐凝结。

“……怎么了？你是要拿手机，还是不拿？”秀悟忽然态度一转，平静地问道，手机仍旧直直递向小丑。

小丑沉默了数秒后，一把抢走手机塞进牛仔裤的口袋里，接着将手枪从秀悟的额前移开。秀悟双手撑着膝盖，大口叹息。

“喂，院长大人啊。”

小丑回过头，百般无趣地说道：

“你带着那边的护士去后门拿饭来。”

“咦？”田所不可思议地眨了眨眼。

“我的确是饿了。啊，你可别趁机逃跑啊。你要是逃了，我就干掉几个患者。不过院长应该是不会丢下患者逃走吧。”

小丑隔着面具抓了抓头，但田所等人迟迟没有动作，他朝着两人怒吼：“快去！”田所与东野猛地跳了起来，迈步走向最深处的电梯。

田所两人与秀悟擦身而过。秀悟在错身之际对田所使了使眼神。田所刹那间露出惊讶的神情，接着立刻瞪大浮肿的双眼，微微点头。

好了，接下来才是重头戏。秀悟目送田所与东野消失在电梯里，缓缓握紧拳头。

2

脚隐隐作痛。数小时前子弹擦过了右脚，他每踏出一步，右脚便掠过一阵麻痹般的疼痛。但是他现在没时间在意痛楚了。

田所搭着电梯来到一楼，强忍痛楚不断前进。

“那个……院长……”

“你别管，跟我来！”

身后的东野正要开口询问，田所怒吼打断她，接着站在铁门前方。那扇铁门正是隔开外来患者等待室与走廊的铁门，铁门另一头则通往手术室。

田所双手搭在门上，使劲推开。右脚撑住全身，烧灼般的痛楚爬过神经，田所仍然无动于衷，继续用力推开铁门。铁门微微开启了一条门缝，田所便将小腹凸起的身体挤进门缝里。

走廊上的暗门仍然开着，露出门内的电梯。田所拖着伤脚走了进去，关起暗门。

如同速水的推测，这座电梯的确是用来运送接受“秘密手术”的患者。接受器官移植的患者会经由这座电梯往来特别病房与手术室，避人耳目。而正是这座直接连接一楼与五楼的电梯，令田所打起“秘密手术”的主意。

这座医院原本是一间精神科医院，田所买下这栋建筑物时就已经存在这座秘密电梯。医院在重新装潢之前，五楼原本设有重症患者专用的隔离病房，当一般治疗无法救治这些重症患者的病情，就会将他们带到隔离病房接受电疗等疗法。院方可能是为了不让其他患者发现，私底下利用这座电梯将重症患者送到治疗室。

田所紧咬嘴唇，几乎要咬出血来。一切的起因是美国某间大型证券公司宣告破产，全球经济从此严重衰退。而田所长年进行投机性质的投资，因此遭受巨额损失，背上大笔债务。身处绝境的田所不断苦思，最后想出了这项“秘密手术”。

在院内往来进行透析的患者当中有一名男患者，他创办了一家规模庞大的信息企业，并担任该企业的董事长。那个男人因为病肾病变导致肾衰竭，已经进行透析超过五年以上，他总是将这句口头禅挂在嘴边：

“为什么我再怎么有钱都买不到肾脏？假如能让我停止洗肾，要我花多少钱我都愿意呀！”

某一天，田所在那个男人结束透析后，将男人请到院长室，战战兢兢地询问：“要是我说我有办法拿到肾脏，你愿意支付多少谢礼？”

田所的计划“只是个假设”，但那个男人听完后没有提出多余的问题，直接透过医疗法人捐赠了大笔金钱。这笔钱足够让田所翻新放置二十年以上的电梯，将手术室改装成适用器官移植的环境，并在五楼设置秘密病房。

田所拉拢几位有财务困扰的员工成为共犯。东野在多年前离了婚，需要筹措孩子的学费；佐佐木则是当了男友的连带保证人，男友逃之夭夭后不得不背上庞大的债务。田所准备好所有条件后，从沉睡数年的住院患者身上摘取合适的肾脏，移植到那个男人身上。

移植出乎意料的成功。男人摆脱了艰辛的洗肾生活，开心不已地支付了一大笔钱，还清了田所所有的债务。

假如他在那个时候就洗手不干的话……悔恨隐隐灼烧着内心。

如果田所在当时就洗心革面，现在就不用背上如此庞大的风险。但是这次成功的经验让他太过轻易获得巨款，令他欲罢不能。而第一个接受手术的男人在那之后，开始为田所介绍处境相同的患者们。

田所十分畏惧自己的犯行曝光，却仍旧不断进行“秘密手术”，一共长达四年。次数一多，习惯成自然，也逐渐淡化了心中的罪恶感。这些患者几乎不可能回归社会，自己是在活用他们的器官。田所不断用这句诡辩说服自己，却在不知不觉间渐渐信以为真。

田所咬牙切齿。佐佐木下个月就要结婚并且辞职，所以这是最后一次“秘密手术”，这次之后就要收手了。没想到却在这种时候……

田所打开走廊上的其中一个纸箱，并将纸箱内摆放杂乱的点滴袋全翻了出来。

“院长……你在做什么？”东野站在一旁，忧心忡忡地问道。

田所默不作声，双手仍不断地将点滴袋丢出纸箱。

“那个……我们要赶快去后门拿食物……”

“吵死了！闭嘴！”田所对东野怒吼，同时指尖触碰到硬物。

有了！田所将双手伸进点滴袋堆，取出埋在底下的东西。里头藏着一本 A4 大小的活页夹。

就是这个，要赶快处理掉这个。田所抱起活页夹。

他原本将这玩意儿藏在院长室的金库里，但当他看见有人翻找过院长室，心里一惊。该不会是有人知道活页夹就藏在院长室里，才跑去院长室翻箱倒柜？他一想到这里，便将活页夹藏进五楼的备品仓库角落。不过在几个小时前，东野见到佐佐木遭到杀害，一时陷入恐慌，嚷嚷着“要用手术室的电话报警”。田所为了以防万一，跑去手术室剪断电话的电线，并将活页夹从备品仓库带到一楼，藏在这个纸箱里。小丑总是在监视一楼，他认为这里是盲点，不太可能让他找到活页夹。

“那是……什么东西？”东野畏畏缩缩地问道。

“……这是移植患者的资料。”田所看都不看东野一眼，开口回答。

至今接受过“秘密手术”的所有患者，他们的资料都夹在这本活页夹里。

“居然有这种东西……”东野一时语塞。

田所侧眼看了看东野，快步走回走廊上。他没有让任何人得知这本活页夹的存在，就连身为“共犯”的东野与佐佐木也不清楚。

至今接受“秘密手术”的患者们全都是有头有脸的大人物或大家族，若非如此，他们不可能有办法支付那般庞大的金额。他们当然害怕自己接受违法手术的事实曝光。因此田所总是心惊胆战，成天害怕有哪个患者会来杀人灭口。事实上，确实曾有患者威胁田所，假如秘密曝光他就小命不保。

这本活页夹是田所的保命符。一旦自己死于非命，这份活页夹的内容就会公之于众。田所刻意让恐吓自己的对象察觉这一点，使他们无法轻易对自己动手。

不过这本活页夹同时也是“双刃剑”。假如这东西被公之于众，自己的下场恐怕会比接受手术的患者更凄惨。从昏迷不醒、身份不明的患者体内摘除器官，移植给有钱的患者。这件事一旦曝光，自己不知道会受到多么严重的惩罚，他光是想象就浑身发抖。

因此田所打算万分谨慎地处置这本活页夹，不过他的谨慎却为他带来了麻烦。他应该更早处理掉这东西。

假如警察冲进医院，发现了这本活页夹……自从小丑躲进医院之后，田所时时刻刻都在担心这件事。只是搜到五楼的病房，他还有办法开脱，但是这本活页夹要是落入警方手中，他就完蛋了。

自己不光是会被逮捕，最惨可能会遭人灭口，所以他无论如何都想避免警方介入。他这几个小时四处行动，全是为了防止有人报警，结果……

是谁？到底是谁通知警察的？

田所思考到一半，回过神似的用力甩了甩头。

现在没空思考这些事。警察早就团团包围这座医院，他要尽快处理掉这本活页夹。

田所来一楼之前，速水刻意对他使了使眼神。那个男人一定察觉活页夹的存在，还特意为他争取时间，以便处理掉这些资料。

“东野，外来患者等待室里有碎纸机。要在警察找到这东西之前处理掉它！”田所急促地说着，同时回到走廊上。

“呃……是！”东野似乎终于察觉事态严重，摇晃着肥满的躯体跑了起来。

这样一来就得救了。田所安心地踏出铁门，下一秒，活页夹从他的怀中滑落在地板上。

“哟，院长大人，饭拿来了吗？”小丑正坐在数米前方的沙发上，枪口瞄准田所，愉快地说道。

“为……为什么……”田所震惊地张口结舌。

小丑缓缓站起身，以拇指指了指自己的身后。秀悟与爱美就站在那里。

“多亏那位年轻医生啊。”

“速水……医师？他到底……？”田所半张着嘴，口中喃喃碎念着。

“好了，总之你先把那本活页夹捡起来吧。那玩意儿好像很重要，非常非常地重要，对吧？”小丑发出低沉浑浊的笑声。

田所急忙跌坐在地，抱起掉在地上的活页夹，怯懦地仰望着小丑。

“我们都回二楼好好聊聊吧。一直待在这里，不知道警察何时会闯进来呢。更何况，要是警察现在就冲进来，你也会很困扰吧？”

小丑举起手枪凑向田所与东野，将他们逼向楼梯。两人表情凝重地靠近秀悟与爱美。

“速……速水医师……这究竟是……”田所呼吸急促地问道。

秀悟没有回答，他只是对爱美说了句“走吧”，迈步爬上楼梯。

四名人质抵达二楼，来到透析室的中央。小丑稍后才跟在四人身后抵达透析室。

“速水医师，这是怎么回事？为什么那个男人会在一楼？”田所压低嗓子，再三质问，秀悟却完全忽视田所。田所见状，逐渐放大嗓门。

“你倒是回答我呀！为什么，为什么会变成这样……”

“是你被骗了。”小丑代替秀悟开口。

“被……骗了？”田所仿佛是第一次听见这个词汇，断断续续地重复了一次。

“没错，你是被那位年轻医生给骗了。”

“什、……什么意思……”田所慌张地来回望着秀悟与小丑。

秀悟带着爱美稍微远离了田所后，开口说道：

“我一直搞不懂是谁报了警……”

“你在……你在说什么……”田所嘶哑地问着。

秀悟忽略田所的疑问，缓缓解释：

“院长想尽办法阻挠我们报警，所以不可能是您；东野小姐没有方法报警；我和爱美小姐的计划则是都失败了。最后只剩下一个人有可能报警。”

“一个人……？就是那家伙找来警察的吗？！”田所的声音逐渐有力，语气隐隐蕴藏激愤。

就是那家伙通报警察，害得自己陷入绝境。

“是啊，就是他。那家伙利用电波干扰器使得手机无法拨通，接着剪断电话线，让所有人都无法报警。最后他在对自己最有利的时机关闭干扰器，用自己的手机叫来了警察。”

“所以那家伙究竟是谁？是谁干的！”

“……您还不明白吗？”

秀悟见田所不断咆哮，于是当着他的面缓缓指向那名人物——小丑。他正嘲弄似的扭曲裸露在面具外的双唇。

“就是他，是他报警找来了警察。”秀悟淡淡地说道。

田所张大了嘴，直盯着小丑。

“是……是那个男人？为什么？警察来了就会抓走那家伙

啊……而且他还说谁报警就要杀了谁……”田所语气生涩地嘀咕着。

“是啊，正是如此。不过这里唯一能报警的人只有他，而且假如是他报的警，就能解开许多谜题。”

“谜题？”田所焦点涣散的双眼望向秀悟。

“是啊，没错。那个男人的行动打从一开始就很奇怪。他抢劫超市之后，在逃脱途中特意绑走了爱美小姐；他不直接监视我们，反而自己在医院内到处游荡；他从院长手中拿到巨款不只没有一丝喜色，反而咆哮大怒。就如我刚才所说，那个男人的目标根本不是金钱。”

“既然他的目的不是钱，又何必跑去抢超市？！”田所上气不接下气地吐出一句疑问。

秀悟郑重地顿了顿，直视田所的双眼。

“一切都是为了揭穿这间医院的‘秘密’，让全日本的人都能得知真相。”

“全……全日本……”田所的喉咙发出陶笛般的空虚声响。

秀悟不以为意，继续说道：

“没错，这个男人一开始就是为了揭露‘医院的秘密’，进而展开行动。所以他不直接监视我们，以便自己能自由搜索整间医院。不只如此，他还在三楼剪开‘新宿 11’的手术伤口，并在他的病历里夹入所有遭摘除器官的患者清单，驱使我一起探索这间医院的‘秘密’。这方法的确高明。闯进医院藏身的罪犯直接说明理由，恐怕无法取得我的信任，还不如用诱导的方式勾起我的兴趣，让我自己去调查。我也是被操纵的那一方呀。”秀悟苦笑，耸了耸肩。

小丑扬起嘴角两端。

“那……那我们……”田所的声音仿佛随时会消失无踪。

“没错，我们只是被那个男人玩弄于股掌之间。那家伙一方面自己搜索整间医院，同时操纵我进行调查。另一方面放长线钓大鱼，放您四处行动。他一个晚上都在寻找某样东西，但是始终一无所获。时间就这样来到早上，他最后只能动用最终手段，就是报警让警察包围医院。”

“为……为什么报警会是最终手段？警察来了，反而会逮捕那家伙吧。他怎么会……”田所露出轻蔑的笑容，指向小丑。

“他本来就不打算逃跑。他一开始就做好被逮捕的觉悟，才闯进医院里的。”

田所与东野听完秀悟的解释，表情极度震惊而扭曲。爱美站在秀悟身旁，抹着眼影的细眼使劲瞪大。

“那个男人在超市里开了枪。最近便利超市考量到安全层面上，都会教店员一碰上抢劫就乖乖将钱交给对方，但是他还是故意开了枪，您觉得是为什么？”

“哪有为什么……”田所含糊其词。

“他这么做是为了吸引大众瞩目。他特意在逃脱途中挟持爱美小姐，一定也是为了这个目的。一旦发生抢劫犯开枪并挟持女子逃走的重大案件，全日本都会关注这件大新闻。他就是想创造这种情境。而事实上，现在大多数的电视台都在转播这间医院的新闻。他大概想等新闻媒体聚集得差不多，接着就在大多数人起床看电视的时段向警方投降，公布所有真相。我是这么推测的。”秀悟望向小丑。

小丑始终不发一语，愉悦地聆听秀悟的解说。他有如演员一般，夸张地张开双臂。

“年轻医生，正确答案。我真是打从心底感谢你呀。托你的福，我才终于找到那东西。我为了找出那玩意儿，可是费了不少力气。”

“找出那玩意儿？”田所嘟囔着，脸上的肌肉异常松弛，他仿佛在这几分钟内老了十岁以上。

“是啊，没错。就是你小心翼翼抱在怀里的那玩意儿。”小丑瞪向田所。

“我打从踏进这间医院开始，就一直在找那份资料。这间医院已经如此受到瞩目，接着只要揭穿院内的恶行，就能彻底让你们完蛋。不过光是毁了你们还不够，我要让接受手术的家伙们也跟你们一起下地狱，这才公平，对吧？所以我至今一直在寻找患者清单，上头一定记录着那些接受过手术的浑蛋。”小丑语气激动地畅所欲言。

只见田所的脸色逐渐惨白。

“我知道你一定有清单。你很谨慎，绝对会留下清单，免得自己遭人灭口。不过我怎么都找不到，就这样天亮了。我无计可施之下才报了警，想说之后就只能交给警察。没想到这个时候突然出现了个帮手，就是那位医生。”小丑朝着秀悟抬了抬下巴。

“速水医师？”田所松垮垮的脸颊隐隐蠕动。

秀悟注视着田所。

“我早就察觉到他好像在寻找某样东西。而我也发现那样东西与‘秘密手术’有关，以及您异常畏惧他人找到那样东西。这么一来自然能推测，那样东西应该就是与迄今为止的手术有关的记录。”

秀悟以口水舔湿干涸的口中，继续说下去：

“我想您一定把这些记录锁在院长室的金库里，但是您从金库取钱的时候，我并没有看见类似的东西。您如果要藏起这些记录，肯定只能藏在五楼或一楼的手术室附近。所以我就演了场戏与他谈判。”

“谈判？！你们什么时候谈妥的？我根本没看见你和那个男人单独谈……”

“我们根本没谈什么。”小丑打断田所的疑问。

田所傻乎乎地发出“咦？”的声音，望向小丑。

“我刚才逼近那家伙的时候，他把这玩意儿推到我眼前。”小丑从牛仔裤口袋取出预付卡手机，高举到田所眼前。田所茫然地张大了嘴。

“我会给你你想找的东西，但你必须答应我，一切听我的指示，不能伤害任何人”。

手机背后有一排用马克笔写下的文字，文字内容便是如此。

“顺带一提，我刚才并没有和警察对话。我故意等到铃声停止，才假装接起电话。”

“那……那就是说……”田所渐渐说不出话来。

“没错，你就这样傻呼呼的，被我跟那位年轻医生骗得团团转。”小丑说完，放声大笑。

田所空洞的双眼直盯着秀悟。

“为什么……为什么这么做……你不是说愿意成为共犯吗？只要有钱你就会保密……为什么要做这种蠢事……”

秀悟冷冷地望着田所。

“蠢事？你们才是做了蠢事吧。从无家可归的患者身上摘除器官移植到有钱人身上。你们真的以为我会容许这种行为吗？真的以为我会同流合污吗？”

“什……什么……你刚才明明……”

“那是因为我认为这么说比较安全。要是当时拒绝协助你们，你搞不好会直接把我们灭口，所以我才假装配合你们。”

“怎么会……太狠了……太过分了……”田所恨恨地低声诅咒。

秀悟闻言，恶狠狠地瞪向田所，他的魄力逼得田所不自觉地退了退。

“狠？是谁比较狠！你可是从自己患者体内摘走了器官啊！

你从自己该保护的对象身上偷走了他们的器官！你不配当医生，你只是个罪犯！”秀悟的怒吼无情地落在田所身上。

田所有如被打碎下巴的拳击手，缓缓滑落，跌坐在地板上。

“好了，都解释得够清楚了吧。差不多该把那本活页夹交给我了。”小丑慢慢走向田所。

“……秀悟。”爱美站在秀悟身边，悄声说道。

秀悟面向爱美，展露笑容。

“嗯？”

“对不起，我还以为你真的要跟院长合作……”爱美垂下了眼。

“别太在意，我完全没跟你解释，你当然会误会了。”

“可是秀悟是考虑到我的安全……我却对你那么过分……”爱美的声音细若蚊蚋。

秀悟轻轻抚摩爱美的头，掌中传来乌黑长发的柔软触感。

爱美露出似笑似哭的神情望着秀悟，将自己的右手缓缓覆上头顶的大手。

“……这样……一切都结束了吧？我们已经安全了对不对？”

“嗯，是啊……”秀悟看向小丑。

事件应该已经告一段落。接下来只要小丑得到那本活页夹，带着资料向警方与新闻媒体揭发一切，事情就能尘埃落定。没错，原本应该是如此……

但不知为何，担忧仍紧紧占据着秀悟的心头，越发膨胀。

田所跪倒在地，眼睁睁看着小丑一步步逼近。

“我……我们做个交易吧！”田所忽然高声呐喊。

“交易？”小丑疑惑地眯起双眼。

“没……没错。应该是有人委托你来抢这份资料吧？是我至今移植过的某个患者，花钱雇用你来消灭证据的，没错吧？那我就出两倍……不，三倍的价钱，拜托你放过我吧！好吗？这交易应该不坏吧？”田所献媚地仰望小丑。

住口啊！秀悟脸色一僵。假如这个男人的目的只是钱，他不可能采取这种舍身成仁的手段。他甚至一开始就不会想揭穿“秘密手术”的真相。

但小丑在秀悟插嘴之前便有了反应。他举起至今垂在身旁的手枪，瞄准田所，指尖扣住扳机。

“钱？你以为我是为了钱才这么干吗？！”小丑的声音低沉得有如地底来的魔鬼，愤怒令他双眼充血，使劲扯起双唇。

田所与东野怕得五官扭曲。

“你觉得我是想要钱才做出这些事吗？怎么了？！回答我啊！”小丑激愤难耐，食指逐渐施力。

爱美大喊一声：“不要啊！”遮住了双眼。

“复仇！”秀悟全力呐喊。

“……你说什么？”小丑放开扣紧扳机的手指，瞪向秀悟。

“复仇，你是为了复仇才如此费尽心机。你珍爱的对象成了‘秘密手术’的牺牲品，是吧？”

“……没错。”

小丑语气阴沉地开始诉说：

“这些家伙把我最重要的人切得四分五裂。他们趁她意识不明的时候，擅自切开她的肚子，拿走了内脏……我一开始还不敢置信，一直怀疑怎么可能会发生这种事。但是当我开始调查，得知这些家伙在医院里干的好事……我绝对不会原谅他们。”

“那个人是你的家人？还是……”

“……是情人。”小丑勉强从喉头挤出了几个字。

“你很珍惜她吧。”

小丑闻言，点了点头。

“我当然珍惜她，为了她，我甚至能抛弃这条性命。”

“那你就拿着那本活页夹去自首，然后对警方、媒体宣传这间医院的秘密，让这个消息传遍整个日本。这才是你的目的啊。你要是现在杀了院长，你就只是个杀人犯。你最珍惜的那个人一定也不愿意你落得那种下场。”秀悟拼命吐出如戏剧般的台词。

就算这个男人是想让大众的目光聚焦在这间医院，他还是做了不少过于冲动的举止，例如，对爱美开枪后绑架等，他甚至在藏身过程中袭击爱美，难以控制自己。秀悟实在无法预测小丑还会做出什么惊人行动。

小丑握着手枪的手臂隐隐颤抖着。在场所有人沉默不语，时间一点一滴地流逝。

“拜托你……快住手吧。”爱美的喃喃自语缓缓拨动房内的空气。

下一秒，小丑放下握着手枪的手臂。

“……把那本活页夹给我。”小丑俯视着田所，静静地说道。

秀悟仰天闭上双眼。

结束了。这如同噩梦般的夜晚总算要结束了。

前所未有的成就感与解脱渐渐填满心头。秀悟睁开眼，对身旁的爱美淡淡一笑。爱美眼眶湿润，对秀悟回以笑颜。

“快一点，赶快给我。”

田所仿佛断了线的人偶，傻傻地坐在原地。小丑的手伸向田所。此时田所猛地抬起头，下一秒，秀悟浑身起了鸡皮疙瘩。

田所仰望着小丑。秀悟远远望去，田所的双眼仿佛失去所有的情绪，徒留两颗玻璃珠镶在眼窝里。

田所的手伸进白衣口袋内取出一样物品，接着极其自然地刺进小丑的右手。

“……咦？”小丑嘴唇微开，发出愣愣的一声，接着望向自己的右手。

手术刀深深刺进他的右手臂……

田所一把抓住手术刀柄，随手拔起，接着毫不犹豫地再次刺进小丑的右手，并且奋力向下施压。手术刀的刀刃极度锐利，轻易地切开小丑手臂的皮肤、肌肉、血管，以及神经。

“呜啊啊啊啊——！”小丑的惨叫撼动了房间的墙壁，手枪从手中滑落。

小丑痛苦地呻吟着，当场跪倒在地。手指按压着伤口，指缝中汩汩溢出深红的鲜血。田所仿佛与小丑交换角色，他缓缓站起身，不屑地睨视小丑。他的手中握着小丑落下的手枪。

“……别开玩笑了。”田所的脸上仿佛挂着一副能面具，丧失所有的情感。

“别开玩笑了。我花了二十年的心力，拼死守护这间医院直到今天。我尽力保护院内员工的生活，不断治疗患者，为这间医院鞠躬尽瘁。你们能明白我有多辛苦吗？”田所的语气没了抑扬顿挫，如同电子合成人声。

秀悟看着田所，浑身冷汗直流。小丑激动挥舞手枪的时候根本远不如现在恐怖。

小丑抱着手臂不停哀号。田所随手将枪口压在小丑的发旋处，手指搭上扳机。

“院长，请冷静点！您这么做也无济于事啊！”秀悟急忙大喊。

田所的举动不是纯粹的胁迫，他是真的打算杀死小丑。心中的肯定令秀悟语带颤抖。

“为什么？”田所并未放下手枪，似乎打从心底觉得疑惑。

冰冷的眼神直盯秀悟，感觉像是有一只巨大的爬虫类瞪视着自己。

“哪有为什么，这里所有人都知道您犯下的罪行！您就算杀了他，事情还是会曝光的。”

“那杀掉在场的所有人不就行了？”田所的语气没有一丝内

疚。

“所有人？”秀悟不禁怀疑自己的耳朵，瞠目结舌。

“是呀。等我杀了这个男人之后，就杀死速水医师和那位小姐，还有东野。反正佐佐木也死了，这么一来就再也没人知道‘秘密’了。”

“为……为什么连我也要杀？！”东野原本僵在一旁，宛如一座雕像，此时也不由得大喊。

“东野，你说不定也会背叛我呀。还是小心为上比较好呢。”田所对东野露出笑容，一脸空虚至极的笑容。

东野发出“咿”的一声惨叫，直接转过身想逃。但是超过负荷的恐惧令她脚下一软，囤积大量脂肪的躯体顿时向前倒去。房内响起笨重的撞击声。

“东野，不行呀。你怎么可以逃跑呢？我下意识就要开枪了呢。”田所俯视着东野。

东野瘫倒在地上，全身颤抖不止。

“秀悟……”爱美脸色发青，不自觉地抓紧秀悟的白袍袖口。

秀悟正想开口安慰“没问题的”，但是话在出口之前就消散在喉咙深处。

田所已经彻底疯了。再不阻止他，他真的会开枪射杀在场所有人。

“您要是开枪，警察会冲进来的！”秀悟语气颤抖，拼命大喊。

田所的表情隐隐透露着不快。

“警察？”

“没错，警察进行谈判的时候，肯定同时准备让特种部队破门而入。您一开枪，警察马上就会闯进来！”

“那我就在警察闯进来之前开枪杀死所有人,这不就成了？”田所一派轻松地说道。

秀悟闻言，不禁脸颊抽搐。

“您手上握着手枪，而其他人都被枪杀，显然就在告诉别人您是杀人犯啊。”

“啊，没关系。我只要坚持是小丑枪杀了你们，我是在那之后冒死抢走手枪，无意之间射杀小丑。警方一定会判定我是正当防卫，我不会被问罪的。”

“……您真的以为会那么顺利吗？”秀悟咬紧牙关。

“不论顺不顺利，我只剩下这个方法了。那就值得尝试看看呀？”田所的语气非常随兴，微微耸肩。

秀悟见状,内心放弃说服对方。他已经对别人的话充耳不闻了。

怎么办？该怎么做？秀悟专注地运转脑袋。

要在对方开枪之前趁机扑过去，夺走手枪？但是自己距离田所至少有数米远,田所很有可能在他扑过去之前就察觉他的行动，进而开枪。

还有没有别的办法？什么都好啊！秀悟低头苦思，此时一个物品跳进秀悟的视野。秀悟瞪大了眼直盯着那东西，接着视线移向天花板。脑中突然浮现田所数小时前说出的台词。

这个可能派得上用场。不过要是失败了……

心中的彷徨不断压迫秀悟。此时，秀悟望向身旁的爱美，两人对视着彼此。

爱美仍然露出泫然欲泣的表情，凝视着秀悟。

是啊，没错。胸口的决心逐渐坚定。他根本不需要在意自己会不会中弹，只要执行这个计策，爱美得救的概率就会直线上升。

秀悟再次咀嚼这一晚的记忆。他自始至终都想保护这个女子，但某种意义上，自己反而是被保护的那一方。

要是爱美不在自己身边，他绝对无法揭穿医院的“秘密”，也不会得知小丑真正的企图。他甚至根本无法在这种绝境中维持正常的心智。多亏爱美，他才能在这数小时之中保有自我。

这个女子是不幸卷入这场纷争当中的，他无论如何都要守护她。

“……听好了。”秀悟压低嗓音，小心不让田所听见。

爱美细长的双眼望向秀悟。

“记好楼梯的位置。等我打信号，你就全力冲到楼梯那里。”

“咦？什么意思？”爱美压低声音问道。

“你别管，乖乖按照我的话去做。你不要回头，直接下楼去请求警方协助。”

“……秀悟呢？”爱美的语气一阵颤抖。

“我没问题的，别担心。你什么都别想，直接逃出去。那样一来……大家一定能得救。”

“真的？”爱美看向秀悟，眼神满是担忧。

秀悟坚决地点头，不让她察觉内心的不安。

“真的。”

“……我们马上就会见面吧？”

“是啊。”秀悟点头回应。

爱美强忍泣音，紧咬着粉色双唇点了点头。

秀悟淡淡一笑，接着注意力转回田所身上。他已经说服爱美，接下来只剩执行他的计划。秀悟不让田所察觉，小心翼翼地将手伸进白袍口袋。

田所仿佛在戏弄小丑，拿起手枪的前端戳了戳他裹在面具里的头部。

“首先你先摘掉那副蠢面具吧。我想看看干出这种蠢事的男人长什么模样。”

小丑按着不断冒血的手臂，抬起了头。

“快点，还是说你想戴着那副面具送死？”田所的语气仍然没有丝毫起伏。

小丑的身体隐隐颤抖着。

“你不摘掉面具，我就马上开枪。”田所没有怒骂，只是静静地催促小丑。

小丑的左手略带迟疑地揪住面具的颈部，缓缓脱掉罩住整个头部的橡胶面具。

小丑露出一头简洁整齐的短发。秀悟站在小丑背后，看不见他的真面目。

“什……你……你是？！”田所震惊地瞪大双眼。

瘫软在地的东野一起张大了嘴，凝视着男人的面孔。

就是现在！秀悟立刻踢倒一旁的煤油暖炉。暖炉重重倒在地板上，发出巨响，暖炉内的煤油洒了一地。田所弹起似的抬起头，望向秀悟。

“你在做什么？！”田所的怒吼响彻房内。

秀悟从口袋中取出 zippo 打火机，打开盖子点着火焰。田所瞪大双眼。

“快退开！”

爱美茫然地站在秀悟身旁。秀悟推开爱美的肩膀，将打火机抛向煤油。

爱美一个不稳，向后退了两三步。同一时间，秀悟眼前升起一道火柱，灼热的热气迎面而来。

“你在打什么主意！别胡闹了！”田所大喊，枪口瞄准秀悟。

快点！快点啊！秀悟望着天花板，内心不断重复同一句话。直冲天际的火柱眼看即将触碰天花板——以及装在天花板上的火灾警报器。

田所扣紧扳机，同一时间，急促的警报声震荡房内的空气。

“来了！”秀悟大声欢呼，同时天花板喷撒大量的白粉。

这是田所说过的粉末灭火装置。

粉尘化为浓雾遮蔽视野，眼前几乎看不清任何东西。熊熊燃起的火柱顿时转小、熄灭。

“爱美！快跑！”秀悟朝着爱美声嘶力竭地大喊，自己也同时迈步奔跑。

他眯起眼，在这片迷蒙的白浊世界之中，全力跑向田所的位置。

他隐约能看见田所的轮廓。大量的粉末开始落在地板上，粉尘渐渐变得稀薄。秀悟没有降低速度，直接以肩膀使劲撞向田所。

秀悟的肩膀撞进田所的腹部。田所的脚上有伤，无法稳住身躯，秀悟轻易地将田所弹飞了出去，两人一起栽了个跟斗趴在地板上。田所手上的手枪脱了手，滑落在覆满粉尘的地板上。

秀悟死命爬向手枪的位置。只要他把手枪抢到手，所有事情都会迎刃而解。不会再死任何人，整个事件能够告一段落。

下一秒，秀悟全身突然激烈痉挛。

秀悟不清楚发生了什么事。他只感觉眼前闪过一阵火花，全身剧烈颤抖之后动弹不得。身体仿佛脱离自己的掌握，一根手指都动不了。秀悟脸颊朝向地板倒下去，倒下的冲击猛地吹飞了粉末。

秀悟的脸颊感受到地板冰冷僵硬的触感，脑中一片混乱。

到底怎么……

猛烈的爆炸声敲响了耳膜。那声音听起来如同汽车引擎逆火的声响，秀悟立刻察觉是什么声音。

有人开枪。有人捡起手枪，并且开枪了。

是谁对谁开枪？秀悟拼命想面向爆炸声响传来的方向，但身体依旧拒绝听从秀悟的命令。

某处传来凄厉的尖叫声，以及第二次的枪响声。

爱美！爱美顺利逃走了吗？秀悟只想知道这件事。只要爱美能得救，就算我成了下一个受害者也无所谓。

秀悟暗自祈祷，同时第三次的枪响震动了空气。

最后，四周陷入一片寂静。

结束……了吗？开枪的人不杀我吗？

秀悟专心聆听四周，等待接下来发生的情况。

某处突然传来玻璃碎裂的声响。一个拳头大的黑色柱状金属物滚了过来，停在距离秀悟一米远的距离。

下一秒，秀悟的视野与意识抹上一片雪白。

“……到吗？”

远处传来了声音，感觉非常遥远。

秀悟微微抬起眼睑。强光照射在视网膜上，激烈的疼痛袭上头部。秀悟按住头部，低声呻吟。

“听得到吗？”

声音仿佛直接在脑中响起，使得头痛更加恶化。秀悟皱起脸，微微收起下巴，勉强睁着眼看向周遭。

两个男人俯视着自己。他们身上穿着秀悟平时看惯的制服，那是急救人员的制服。

这是哪里？

秀悟极力想弄清现状。

我当时正要抓住滑落在地板上的手枪……

脑中浮现昏迷前发生的种种。不断响起的枪声。

秀悟猛地撑起上半身。他的脑袋仍旧头痛欲裂，但是他毫不在意。

“啊啊，不可以，你要好好躺着啊。”其中一名急救人员说道。

他的声音听起来仍然像是回荡在头盖骨内。

“发生……发生什么事了？”秀悟艰难地驱动不灵活的舌头开口询问。

双眼似乎习惯了光亮，开始能看清周遭的情况。他现在似乎在救护车里，右手臂绑着血压计与血氧浓度计。

“外头听见医院传出枪响，因此特种部队破门而入了。当时特种部队使用的音爆闪光弹似乎刚好在你身旁爆炸。”

秀悟回想起失去意识的前一刻，有一个金属圆柱物体滚进视野之中。是那个柱状物爆炸才让我失去意识的吗?

“音爆闪光弹本身没有杀伤力，所以你身上没有明显的外伤，但是鼓膜可能破损了。我们现在要将你送到医院去。”

“请等一等，爱美……她没事吧？！”秀悟在救护车内部四处张望，并且大声呼喊。

车内不见秀悟以外的患者。他们是让爱美搭上其他救护车了吗?

“爱美？那是谁呀？”

“是一名女子，其中一名人质，当时她跟我一起待在医院二楼。她应该在警察破门前一刻逃出了医院才对！”

两名急救人员一瞬间面面相觑，接着迟疑地开口说道：

“不，警察破门之前，没有任何一名人质逃出医院。”

“怎么会？那……那应该是在二楼。医院二楼获救的人质除了我以外，都在哪里？已经送到医院了吗？”秀悟求助似的朝着急救人员伸出手，大声喊叫。

急救人员赶忙转开视线，露出阴沉的神情。

“……很遗憾，只有你获救而已。二楼除了你以外……所有人都已经死亡了。”

3

“……以上就是我当晚的经历。”秀悟这么说完，长叹一口气。

他长时间描述整个事件，舌头早已感到疲累。更何况，他光是回想起那一晚的遭遇，就会给精神带来庞大的负担。

两天前，秀悟在二楼透析室获救后，隔天就马上出院了。他不但右耳鼓膜破裂，还被小丑打伤头部，更被音爆闪光弹造成轻微烧伤，不过这些外伤没有严重到需要长期住院。

他原本以为媒体记者可能会挤满自家门前，已经做好心理准备，但却没有发生这种情况。警方似乎现阶段尚未公开秀悟的身份等资料。

秀悟在家中休息一晚，隔天便主动前往该案件的搜查本部设置地——调布警察署接受侦讯。刑警曾在他住院时前来问询，但他当时必须连续接受多项检查，没办法空出太多时间，今天才正式接受侦讯。侦讯过程从上午开始断断续续进行，现在时间早已来到黄昏时刻。

“原来如此，我明白了。非常感谢您。”名为金本的中年刑警坐在秀悟对面的座位上，沉重地点了点头。

在秀悟描述的过程中，金本始终不发一语，专注地聆听。

“速水医生方才诉说的内容与现场的情况几乎一致。看来医生您描述的情况大部分确实发生过。”

“‘大部分’……是吗？”金本的语气听起来若有深意，秀悟不禁嘲讽似的勾起一边嘴角。

只有一处。秀悟的记忆与现场的情况只有一处不相符，而且这处差异非常大。秀悟自从前天听见这件事之后，脑中始终混乱不已。

“重要的是那个‘不一致’的部分吧？”

“唉，您说得没错。”秀悟苦涩地说道。

金本见状，则是露出苦笑。

“警方肯定认为我记错了吧。因为那个小丑打了我的头部，我又因为警方攻坚部队扔进去的音爆闪光弹爆炸而昏迷，你们认为我记忆错乱，是不是？！”秀悟双手往桌面一撑，身体向前凑了上去。

“速水医生，请您别激动，会动到伤口的。”

秀悟见金本仍摆出四两拨千金的态度，口中小声咂舌。

“不过老实说，上层的确不太重视速水医生的证言与现场的矛盾之处。您经历了如此难熬的遭遇，脑中的记忆很有可能会出错。但除此之外更重要的是，现场的情况直接就能看出案发当时发生了什么事，非常显而易见。”

“那就麻烦你一五一十地告诉我，我无法动弹之后究竟发生了什么事？之前警方也只是问我话，什么细节都不肯告诉我。我是案件的当事人，而且已经尽可能配合警方的调查，我应该有权利知道当下的情况。”秀悟仍然探出身体地说。

金本挂着微笑望向秀悟，轻轻耸了耸肩，悄声说道：“我明白了。顺带一提，速水医生，事前其他人员是如何跟您解释的？”

“我当时听说……透析室发现尸体，而除了我以外……没有其他人质存活。”秀悟咬紧下唇。

“不，这说法并不准确。住在三楼、四楼以及五楼特别病房内的患者，所有人都平安无事。”

“我知道，我指的是……”

“是，我明白。不好意思打断您了。”金本微微低头，接着目光朝上看向秀悟。

“您是想知道您撞开田所，弹飞手枪之后，透析室里发生了什么事，是吗？”

“……是，没错。那时我正要捡起手枪，当下突然感受到某种冲击，接着身体就突然动弹不得。”秀悟生硬地说道。他很害怕从金本口中得知真相，但他若是不问，心中难以释怀。

秀悟看着金本搔抓头发稀少的头顶，吞了口唾沫。

“算了，反正再过不久警方就会召开记者会发表侦查结果，先告诉速水医生应该也没关系。关于您当时突然动弹不得的原因，警方认为是有人使用电击棒攻击您。”

“电击棒？！”秀悟听见意料之外的词汇，不由得皱紧眉头。

“是的，就是电击棒。特种部队破门而入的时候，您倒在地上，一旁掉着一把护身用的小型电击棒。对方恐怕是使用电击棒制伏了您。”

“居然会有电击棒，到底是谁……”

“当然是那个小丑男，是他带进医院的。”

“小丑？为什么能肯定是他？”

“这一点我稍后会为您解释。总之我们警方完成现场搜证之后，得出以下的结论：小丑男见到速水医生撞飞田所手上的手枪，便使用事先藏好的电击棒制伏速水医生，捡起手枪。当时田所被撞倒在地，东野小姐则是脚软瘫坐在一旁。小丑先后连续射杀了两人。”

秀悟听见金本口中吐出“射杀”这两个字的瞬间，他全身微微一震。

“小丑男顺利杀害两人，达成目的之后，便为整个案件画下终止符……他对自己的脑门开了一枪。”

金本用食指指尖按住自己的太阳穴，半开玩笑地说了一声：“砰！”

秀悟瞪大双眼。那个小丑男射杀两人之后，自杀了？

“你确定没有搞错吗？”

“是，这结果应该没有错。院长与东野小姐两人是被人从后脑勺开了一枪，也就是所谓的行刑式枪决。小丑男则是右边的太阳穴一枪，而且从枪伤周遭出现烧伤情况来看，可以判断当时枪口应该是紧贴着皮肤，最后手枪是落在小丑男的尸体旁。所有证据都显示出，小丑是射杀两人之后再对自己开枪。”金本语气沉稳，滔滔不绝地解释下去。

“啊，另外这是题外话，我们一开始假设过速水医生是否有可能枪杀三人。当时是认为您或许是对三人开枪之后，再用电击棒电伤了自己。不过您的手臂没有检测出硝烟反应，疑似电击棒造成的烫伤又位于背后正中央，一般来说，自己很难手持电击棒电伤这种位置。由于以上种种证据，所以我们已经排除您的嫌疑了，请您放心。”

秀悟听完金本的说明，一时语塞。他没想到自己也被当作嫌疑犯。这么说来，医院曾经将自己的衣物提供给类似鉴识人员的人物，又详细检查过自己的身体。

秀悟花了两三分钟消化新获得的信息。他还没完全接受这个结果，只是想问的问题太多，不知从何问起。

“……我触发灭火装置的前一刻，田所曾经掀开那个男人的面具。田所和东野小姐看到对方的真面目，都显得相当吃惊。金本先生，那个男人究竟是谁？”秀悟直视着金本的双眼。

金本摸了摸长满胡楂的下巴。

“宫田胜仁。”

“咦？”秀悟听对方突然抛出一个名字，不禁困惑。

“宫田胜仁，这就是小丑男的姓名。东京都练马区出身，三十三岁，单身。我们已经确认过他的身份，准备在记者会上发表。”

“你直接告诉我名字，我也……那家伙究竟是什么人啊？”

“哎呀？您不认识他吗？”金本刻意歪了歪头。

“不，我对这个名字没印象……你为什么认为我认识他？”

“那么，您看看这个。”金本喃喃低语，从挂在椅背上的西装口袋里取出一张相片放在桌面上。

照片中印着一名身穿T恤的年轻男人。

秀悟仔细观察照片。他好像在哪里见过这个男人。

“啊！”

秀悟的头脑原本像是漏了一块记忆，此时脑中忽然闪过案发当晚的画面。

当天晚上，秀悟正要从后门进入田所医院时，他跟一个男人擦身而过，并且简单聊了几句。照片里的人物正是那个男人！

“您想起来了吗？”

“我记得这家伙是田所医院的员工，当天晚上我要从后门进到医院的时候，正好和他擦身而过。”秀悟激动地说完。

金本闻言，满意地点了点头。

“是的，正如您所说。宫田胜仁是一名物理治疗师，大约从一年半前开始在田所医院工作。挟持事件当天，他还值班到傍晚。他似乎是下班之后才回家准备犯案。”

“那个……这个名为宫田的男人真的是小丑？没弄错吗？”

“这是什么意思？”

秀悟迟疑不决地问道。金本一听，单边眉毛微微挑了挑。

“呃，这只是一个小疑问。因为那个男人始终戴着小丑面具，嗯呃……有没有可能途中跟人交换身份？例如，还有另一个小丑存在……”

秀悟脑中思绪凌乱，有些语无伦次。金本见状，则是缓缓摇了摇头。

“速水医生，根本不可能存在另一名小丑。警察完全包围住那间医院。而警方在破门之后，也曾经大规模搜索整间医院。我们当然有考虑到犯人会变装成警察逃走，因此下令严格监控整栋建筑物的出入口，但我们完全没发现任何可疑人士。”

“那医院里或许还有隐藏通道之类的……”

秀悟知道自己的疑问相当老套，但他还是非问不可。这间医院内藏有秘密电梯，当然也可能存在通往外头的隐藏通道。

如果这个假设成真，应该就能解开整个案件里最大的谜题。不过秀悟的期待落空了，金本面露苦笑：

“我们听完速水医生的证词之后，也想过院内存在隐藏通道，彻底调查过整间医院。我们拿到医院的设计图，也见过以前的房主，但还是没有找到可疑的出入口。院内的人若想离开医院，只能使用正门或后门。这点是毋庸置疑的。”

“是……这样啊。”秀悟还没完全接受现实，但还是点了点头。

“不过呢……”金木压低嗓音，“宫田可能还有同伙。我们没办法完全排除这个可能性。”

“啊？这是什么意思？”

“……这件事还请您保密。面具内侧的耳朵位置装着一个小型的喇叭与收讯器。宫田有可能是受到某人指使才犯下罪行。”

“某人……会是谁？”秀悟有点激动地问道。

“我就是不知道答案，才会将这件事透露给您。请问小丑是否联系过他人？”

“联系……”

秀悟皱紧眉头，拼命搜寻着记忆。

“不……就我所知，他并没有试图联络别人。而且我和小丑共处一室的时间相对较短，他或许是在我们看不见的地方联络也说不定。”

“是吗？我明白了。我们会再调查一下那枚装置，或许还会再挖出点什么。”

金本在胸前双手合掌，似乎在暗示：“侦讯到此结束。”

“请……请等一等！既然面具里装着那种装置，还是很有可能存在共犯呀。更何况，那名叫作宫田的男人真的是小丑吗？举例来说，小丑男或许在警察赶到之前就想办法叫出宫田，杀了他，再将面具放在宫田的附近，让他代替自己……”秀悟几乎是想到什么就一股脑儿说出了口。

“假设真是如此，警察破门而入的时候就会抓到他。”

“不，所以果然还是有其他秘密通道、藏身处之类的……”

眼见秀悟的发言越来越莫名其妙，金本摆出不出所料的态度，叹了口气。

“医生，医院里面没有任何秘密通道或是藏身处，只有那座秘密电梯和病房而已。这是千真万确的。”

“你怎么能肯定……”秀悟紧咬这点不放。

若非如此，一切会很奇怪，太奇怪了。

“医生，我们确实无法否认宫田在医院外可能还有同伙。但是宫田的确就是主犯，这点不会错。”

金本仿佛在劝说要赖的孩子。他的口气令秀悟非常不满。

“为什么你能这么肯定？”

“因为我们搜索过宫田的住家，并在他的房间里搜出大量的证据。”

“咦？”秀悟顿时语塞。

“首先，我们在住家计算机的记录中发现，宫田是透过网络购买犯案计划需要的物品的，例如，面具、电击棒、手枪等等。”

“网络？网络上买得到手枪？”

秀悟一时之间哑口无言。

“很遗憾，确实买得到。某些地下网站会违法贩卖药物、枪炮等物品。我们警方当然会进行取缔，但现阶段无法完全举发这些网站。”金本无力地摇了摇头。

“也就是说，宫田是在网络上买好武器，闯入自己工作的医院吗？”

“就是这么回事。宫田房里还发现了小丑模样以外的各式面具、小刀、手铐，以及一些化妆品。他应该是买了各种各样的东西，并且测试哪些物品比较容易使用。”

“化妆品？”

“他可能一开始不打算戴面具，而是利用化妆隐藏自己的真面目。根据调查结果，宫田在决定成为物理治疗师之前，曾经是某间小剧团的演员，他在剧团工作数年，但似乎始终默默无闻。他或许是活用当时的经验，才想到要变装。”金本耸了耸肩。

秀悟望着金本，不断运作脑袋。那名叫作宫田的物理治疗师果真是小丑吗？那么……

“那宫田又是为什么闯进自己工作的医院，还杀了院长等人？”

“您在说什么？是速水医生告诉我们他的犯案动机呀。那个男人不是亲口说他是‘为情人报仇’吗？”

“他的确是这么说，但真的有这么巧吗？情人偶然间住进自己工作的医院，还被人偷走了器官。”

“不，我们认为事情正好相反。宫田的情人并不是正好住进他工作的医院，而是宫田为了报复，刻意转到情人住院的医院工作。”金本沉声说道。

“……关于宫田爱慕的那个女子，你们有头绪了吧？”

秀悟一问，金本便露出轻佻的笑容，点了点头。

“这都要多亏速水医生的证词，还有那本掉在透析室的活页夹。那本资料里记载着田所医院至今所有的违法器官移植手术。唉，不过其中有一小部分资料破损，看不清是谁接受过手术，除此之外我们可以起诉大多数接受过移植的对象。其中有大公司的干部、前运动明星、政治家，来头都不小啊！警方现在正与检察机关合力准备逮捕这些人。这件事一旦公之于众，全日本都会掀起一阵大风暴啊！”金本的语气渐渐混杂着兴奋。

“比起这个，可否先说明一下有关宫田情人的事？”

“啊，真是不好意思。”金本清了清喉咙，重新拉回正题。

“佐仓江美子，我们认为她就是宫田的情人。”

“她是谁啊？”

“速水医生应该早就猜到了。这个女子接受过田所医院的‘秘密手术’，被偷走器官。活页夹里也有记录。”

“……请详细告诉我那个女子的背景。”秀悟低声说道。

金本回答："当然没问题。"接着他从椅背上的西装内袋取出记事本，开始翻找。

"佐仓江美子大约是三年前住进田所医院的。入院时为二十一岁，女子大学学生。家庭组成为双亲以及一位就读高中的弟弟，当年全家四人一起出游时，突然有一辆卡车闯红灯冲进交叉路口，双方对撞，江美子以外的三人当场死亡，江美子则是头部受到强烈撞击，昏迷不醒。"

这场车祸太过凄惨，秀悟不由得抿紧双唇。

"车祸后三个月，江美子转院至田所医院。由于江美子的家人全都丧生于车祸，田所医院便收留了无依无靠的江美子。而根据活页夹的记录，江美子在入院四个月后，由田所摘除肾脏，并将肾脏移植给某家公司总经理的妻子。更不幸的是，江美子接受移植手术后五天便丧命了。速水医生应该比我们更清楚，这情况代表什么意思。"

"……应该是术后的并发症，缝合不全导致出血或感染。"

"是，搜查本部也是这么认为的，但病历上的死因是'吸入性肺炎'。无论如何，佐仓江美子很可能是因为被摘除肾脏才丧命的。"金本说到一半停顿了片刻，讽刺般地扬起唇角。

"我们是这样推测：宫田胜仁就是佐仓江美子的男友。三年前，宫田作为物理治疗师，拥有一定程度的医学知识，所以对情人的死因起了疑心，于是他在一年半前进入田所医院工作，并寻找情人死亡的真相。宫田发现正是田所的手术害得情人丧命，因此决心报复每个与手术有关的关系人……之后的事，医生应该很清楚了。”

“但是有确切的证据证明，那个名叫佐仓江美子的女子就是宫田的情人吗？”秀悟反复琢磨金本的描述，开口问道。

“不，我们还找不到实质上的证据。我们询问过宫田身边的熟人，他似乎不太受女性欢迎。事实上，宫田这个人的风评并不好。他非常容易钻牛角尖，一点小事就能让他惊慌失措或是抓狂。由于他行事作风不够稳重，周遭的人对他印象不太好，因此几乎没听说他和女性有牵扯。但或许正是他的性格让他想不开，最后才弄出这么夸张的案子来。”

秀悟听着金本的解释，回想小丑的举止。金本口中的宫田确实相当符合小丑的行为举止，但如此急躁的男人，真的能想出如此大胆又复杂的计划吗？秀悟轻轻甩了甩混乱的脑袋，望向金本。

“那你们是依据什么来判断佐仓江美子就是宫田的情人？”

“因为除了她以外，没有人符合这些条件。”金本摇了摇头。

“根据那本活页夹的记载，手术总共进行过十二次，其中只有四个案例是女性。女性案例之中有两名是五十岁左右的妇女，只有佐仓江美子是在术后死亡。”

“他不一定是因为情人去世才想复仇呀？他人随意偷走情人的器官，已经足够成为复仇的动机了。还有另外一名年轻的女性被害者吧？”

“是啊，还有一位。这个女患者是在半年前被摘除器官，外貌看起来大约二十岁。”

“大约？”秀悟听见这模糊的解释，不禁疑惑。

“因为院方不清楚这个女子的实际年龄。她遭遇交通意外陷入昏迷，因此院方在住院当时并不清楚她的身份。假设这个女患者就是宫田的情人，院方应该会知道她的身份才对。”

这么说也是。秀悟一边点头一边思考。所以总结来说，这个叫做宫田的男人真的是为了帮佐仓江美子报仇，才引发这一连串的事件？但是秀悟的心中依旧残留无法释怀的部分。

“……有遗书吗？”秀悟双手抱着胸前，开口问道。

金本则是狐疑地挑起眉头。

“遗书？您是指什么？”

“我是指宫田的遗书。他引发了如此骇人的事件，最后还开枪射穿自己的头，应该会想让大众知道自己引发事件的原因，他可能会为此留下遗书之类的东西。”

“……不，现阶段还找不到类似的物品。”金本不禁神情苦涩。

“虽然这只是我的直觉，但我认为那个小丑男应该没打算自杀。那家伙应该也不打算杀死院长他们，而是想带着所有证据向警察自首。所以我实在很难相信那个小丑会杀了院长等人再自杀。”

“……他或许一开始是不打算杀他们，但也能这么解释：他因为手枪被夺太过慌张，不慎枪杀田所等人，回过神之后无法承受良心谴责，才开枪射穿自己的头部。宫田不是容易情绪激动，甚至轻易就会陷入恐慌状态吗？”金本听完秀悟的假设，搔着头这么回答。

“确实也有这个可能……”秀悟犹豫不决地低语。

金本双手合十拍了拍手。

“总而言之，借由目前为止获得的证据，警察内部已经判定宫田是射杀田所和东野之后自杀。至于佐佐木的命案，现阶段还不清楚凶手究竟是田所还是宫田，这就有待日后调查清楚了。”

“……所以这次的案件，警方内部认为已经破案了吗？”秀悟的低喃之中满是浓浓的讥讽。

“是，已经破案了……除了医生的其中一部分证词以外。”金本意味深长地答道。

“所以你们就想把那些证词当作是我撞到头产生幻觉，硬要结束这个案子。”

“不，也不能这么说。但是医生您一个晚上不就昏迷了两次？记忆总是有可能错乱呀！”

“我当天晚上的确是昏迷了两次，也可能丧失些许记忆。但不能只因为这样，就认定我脑中关于她的记忆全是错觉啊！”秀悟坚决反驳。

金本见状，不禁面露难色。

“即使您这么说……我们已经彻头彻尾地搜过整间医院，还是完全找不到那名叫做‘川崎爱美’的女子呀。”

“爱美……川崎爱美平安无事吗？！”

昨天，刑警前往秀悟所在的医院听取证词时，秀悟心急如焚地逼问刑警。但是刑警却露出莫名其妙的表情，回问：“那是谁？”

不论秀悟如何极力描述爱美的事，刑警们异口同声，一再重复表示院内找不到这名女子。而且破案后过了整整两天，警方仍未发现川崎爱美的踪影。

“刑警先生，我触动灭火装置的时候，要她直接逃到医院外头。她有没有可能是趁警方不注意的时候逃出医院了？”

房内的气氛逐渐凝重。秀悟这么一问，金本刻意地长叹一口气。

“速水医生，我已经跟您解释过很多次了。前天早上，可是有总计数十名警官队，以及一大群如鬣狗般嗜血的媒体记者，所有人团团包围住整间医院。她要是当时逃出医院，一定有人会注意到的。更何况，就如同我刚才的说明，警方在案件落幕之后就严密监控医院的人员进出，也仔细调查过医院的每一个角落，还是找不到速水医生口中的那个女子啊！”金本的语气隐隐透露不耐。

秀悟听着金本的解释，闭上双眼回忆起脑中的一切。爱美的笑容随即重现在脑海之内中。

如同绢丝的秀发、柔软温热的双颊、隐隐散发的蔷薇香气，一切的一切是那样地鲜明。

爱美是幻觉？是我的脑袋创造出来的妄想？绝对不可能！

“那名小丑抢了超市之后，的确绑架了一名女子吧。新闻报道也有提到这件事，那名女子就是爱美。这件新闻证明爱美曾经待在医院里呀！”秀悟睁大双眼怒吼道。

金本皱起眉，仿佛被踩到痛脚。

“……我们认为那情报可能是误报。”

“误报？！有什么根据？”

“抢劫犯绑架女性民众的情报，通报者是匿名。对方是借由公共电话通报，而警方一询问通报人身份，对方就挂掉电话了。由于以上理由，搜查本部认为或许是某人看到新闻出现超市抢匪之后，恶作剧谎报假信息。”金本急促地说道。

“怎么可能？！这根本是强词夺理！”

秀悟咆哮大怒。然而金本却严肃地直盯着秀悟。

“这或许是强词夺理，但也是无可奈何之举。我们完全找不到医生证词中的那名女性，还是说现场真的出现过那名女性，但是当特种部队破门而入的时候，她就像烟雾一样消失了？”金本不耐烦地摇了摇头。

双方不论如何讨论，终究只是两条平行线。秀悟拼命运转脑袋。

爱美到底去了哪里？为什么警方会找不到她？

“患者……”秀悟悄声低喃。

金本仍旧神情严峻地望着秀悟，问道：“您说什么？”

“是患者。当时有人用铁丝卡死一楼后门，爱美有可能是解不开铁丝，没办法从后门呼救，认为装成患者的样子比较安全，才搭电梯到三楼或四楼，躲进空病床里。”

秀悟猛地抬起了头，但是金本的态度依旧冷淡。

“您的意思是，那位川崎爱美小姐现在还装成患者吗？警察都已经镇压整间医院，保障院内安全了，她还不敢现身？这未免太奇怪了。”

对方的论点相当正确，秀悟哑口无言。

“更何况，警方早已考虑到宫田的同伙会伪装成患者躲在院内，因此前天是在院内医疗人员的陪同之下，一一确认过总计六十五名患者的安全与身份。结果并没有多出任何患者，也没发现陌生人替换了别的患者。”

金本的语气相当肯定，秀悟咬紧下唇。

“唉，虽说警方确认患者身份并不难，但事后患者们的安置手续可是大工程呀。毕竟院内发生那种大案子，医院唯一一名专任医师——院长也去世了。”

“患者们后来怎么样了？”

秀悟这么一问，金本便夸张地揉了柔自己的肩膀。

“我们与各个机构合作寻找愿意收容患者的医院，再以救护车将已经决定去处的患者运送到目的地。不过患者多达六十人以上，现场又非常混乱，过程实在很辛苦呢。啊，好像变成我在抱怨了，不好意思。总而言之，那名川崎爱美的女性是不可能装成患者的。”

秀悟低下头。虽说这理所当然，但警察早就事先查过任何自己能想到的疑点。他的脑细胞已经连续运转数小时，早已接近极限。

“速水医生，您还好吧？”

秀悟听见金本出声关心，缓缓摇了摇头。金本轻轻扬起嘴角，视线落在手表上。

“已经过了下午五点啦……医生看起来也相当疲惫了，总之今天先到此为止吧。”

“非常感谢你的体谅。”秀悟虚弱地说道。

“那您今天可以先回去了。不过，不好意思，假如我们还需要询问您一些情况，还会再另外联络您。医生您也是，您如果想起更多线索的话，不论何时，尽管联络我们。”

金本亲切地说完，站起身打开房门。秀悟也站起身，踩着沉重的步伐正要通过房门。此时金本忽然低声说了句：“啊，对了。”

“怎么了？还有什么事？”

“田所不是交给宫田一个装着三千万日元的手提包？警方现在还找不到那个手提包。或许是宫田藏在某个角落了。不过也罢，今后的搜索应该会有个结果的。不小心说太多题外话了，不好意思。”金本彬彬有礼地对秀悟致意。

秀悟侧眼瞥过金本，走出了房间。他的身体异常沉重，仿佛全身血液都替换成了水银。

秀悟停下脚步，转身看向背后。警署就在前方三百米处，他刚才就在里头接受询问。

接下来该做什么？秀悟仰望着警署，再次缓慢地迈出步伐。不知为何，脚下软绵绵的，柏油人行道走起来仿佛棉花糖铺成的道路。

“你到底去哪儿了……”秀悟紧咬的牙关之间挤出隐隐颤抖的低喃。

他仅仅和爱美共度一个晚上，却如此眷恋她的一切。爱美出现在那绝境之中，与他相遇，然后如同幻影般消失无踪。她现在究竟在哪里？是否平安无事？

他想见爱美。不，见不到她也罢，他只想知道爱美是否安然无恙。

秀悟迈出不踏实的步伐向前走，便见到人行道的起点有一个白线围起来的吸烟区。秀悟被吸引般地走进吸烟区。摄取尼古丁或许能让一头雾水的头脑清晰一些。

秀悟从外套口袋中取出香烟盒与抛弃式打火机。

秀悟叼起香烟，正要在香烟前端点火，此时口袋中的智能手机开始振动。

"这种时候会是谁呀……"

秀悟叼着香烟取出智能手机。液晶屏幕显示着"小堺学长"，秀悟眉头一皱。

这次都是因为去代小堺的班才会莫名卷入这个案子。虽说责任不在小堺身上，秀悟对他还是感到五味杂陈。

秀悟用空下的手拿起香烟，碰了碰"通话"键。

"小堺学长，你好。"

"噢噢，速水，你现在有空吗？田所医院那件事好像搞得你有点惨啊！"电话中传来粗糙沙哑的嗓音。

秀悟下意识地将智能手机稍微拿离脸旁。

"是啊，是很惨。"

“抱歉呀，我不应该拜托你代班的。你今天不来医院了吗？”

“我联络过部长，我受了伤，还要接受警察侦讯，就先请了三天假。刚才正好结束侦讯。”秀悟半是讽刺地大叹一口气。

“啊，是吗？呃嗯……速水……你和警察说了些什么呀？”

“咦？当然是跟案件有关的证词……”

他不太懂小堺为什么会这么问。

“也是，当然是那件事。嗯，那个，警察有问起我的事吗？”

“啊？警察没问。为什么要问学长的事？”

“是吗？哎呀，毕竟原本是我当班，该怎么说……或许要负点责任。算了，没有就好。”

“噢……”秀悟听见小堺不知所云的解释，只能含糊地回答。

“那就这样啦。我会再联络你的，你好好休息啊。”

小堺留下这句话后，便挂断电话，徒留空荡荡的电子音。秀悟望着智能手机，一脸疑惑。

秀悟不明所以地将智能手机收回口袋，再次叼起香烟，点燃烟头，深深吸入一口。烟雾渐渐充融入部。尼古丁溶入血液中，随着血液流动渗进脑中。毛躁的神经稍微平稳了下来。尼古丁已经快变成自己的镇静剂了。秀悟隐隐感到自我厌恶，回想起自己与金本的对话。

香烟大概燃烧到一半时，秀悟忽然感受到些微不快，皱起了脸。仿佛有虫子爬过大脑表面，这究竟是什么？

秀悟轻按头部，寻找不快的来源。他与金本的对话似乎有哪里不对劲。到底是什么？是哪里古怪？

秀悟拼命回溯着记忆，下一秒，脑中灵光一闪。秀悟的身体仿佛被电击棒集中似的，猛地僵住。短小的烟蒂从口中落下。

“……六十五名？”半开的口中继香烟之后，缓缓落下嘶哑的低语。

六十五名，金本的确说了：“确认过总计六十五名患者。”田所医院的三楼与四楼各有八间四人病房，也就是说，院内足以收容六十四名住院患者。加上那名住在五楼秘密病房的男孩，就是六十五名。但还是很古怪。

四楼最深处的病房有一床是空着的。我用了空病床的床单藏起佐佐木的遗体，但是金本却说总共有六十五名患者，他等于是说田所医院满床了。

是金本弄错了？他只是不小心说错了人数？当然也有这个可能，但假如他没有弄错……

爱美果然是躲在那一个空病床里，假装成患者？所以警方才找不到她？但是金本说是在院内人员的陪同下一一确认患者的身份。

秀悟仰天望向早已日落的天空。只有一个解释符合一切的脉络。这个假设实在太过异想天开，但除此之外无法说明这一切。

爱美不是假装成患者。

“爱美……原本就是田所医院的患者？”秀悟低语道，闭上了双眼。

脑细胞快速处理脑中的资料。假如爱美就是那间医院的患者，她就不可能是被小丑绑架后抓进医院。那么爱美和小丑为何要说谎？

秀悟不断思索。合理的答案只有一个，但这个答案太过绝望。秀悟以双手覆住了脸。

“爱美……就是共犯……”口中的呻吟饱含绝望，消逝在冬季的冷风中。

假设爱美就是小丑的共犯，的确能解释各种疑点。小丑是因为爱美通风报信，才会对一行人的行动了如指掌。甚至是在爱美手术结束后没多久，田所正要从背后偷袭小丑，当时小丑仿佛身后长了眼似的，准确察觉身后的攻击。爱美可能是当时察觉田所的行动，以眼神暗示小丑。

下一秒，秀悟察觉令他畏惧的真相，浑身僵硬。

他有一件事一直无法理解。那一晚，小丑为何会强行将爱美从透析室带到一楼去？如果小丑真的想为情人复仇才闯进医院，这个行动完全不合逻辑。但假如宫田与爱美是同伙，一切就合理了。因为情况生变，他们要避开人质的耳目处理突发情况。

而这个突发情况会是什么？答案很简单，就是佐佐木。

爱美被带到一楼前不久，佐佐木对爱美说了些悄悄话。爱美当时提到，佐佐木是提醒她“小心院长”“还有一个人”，但其实爱美说了谎。

佐佐木一定是这么说的："你应该是这间医院的住院患者吧？"

"女人只要化了妆，就能变成另一个人呢。"

耳边再次响起爱美愉快的台词。爱美化着相当浓厚的妆容，看起来一定像是另一个人。事实上，田所和东野直到最后都没发觉她是院内的住院患者。然而佐佐木却不小心发现了，还跑去四楼最深处的病房确认。那里就是爱美的病房。

爱美察觉佐佐木的行动，便以"去厕所"为由联络宫田。她假装被宫田抓走，实际上却和他一起下了楼，再搭乘电梯前往四楼……

以小刀刺杀了佐佐木。

"哈哈……哈哈哈哈……"秀悟的喉咙发出丝丝干笑。

我当时拼了命想救出爱美，甚至做好被枪击的觉悟。爱美却欺骗了我，背地里拿刀刺杀佐佐木。我当时以为自己在与小丑对峙，真正可笑的小丑却是我自己吗？太讽刺了。

秀悟回想起小丑听闻佐佐木遭到杀害时的反应。小丑当时看起来确实很吃惊。这个名为宫田的男人不知道爱美杀了佐佐木。他可能以为爱美只是回到自己的病房，想办法敷衍来确认病房的佐佐木。

没错，宫田并不打算杀任何人。那个男人最初得知的计划内容可能会是：

一方面，他带着爱美闯进医院，爱美会告诉他人质们的行动，他则是同时找寻“秘密手术”的资料。另一方面，爱美装成人质潜入一行人之中，一边观察田所等人的举动，监视田所以免他带走资料。当他们发现资料或是时间不够的时候就通知警察，对聚集而来的大量媒体公布田所医院的犯行。

不过，这个计划只有最后的内容不一样。爱美一开始就打算杀死田所一行人……也包括宫田。

秀悟撞飞田所手上的手枪之后，究竟发生了什么事？思考到这里，这个答案自然可想而知。爱美混进粉尘之中，先是从裙子口袋取出事先藏好的小型电击棒，以电击棒制伏秀悟的行动。接着她捡起手枪，以手枪射杀田所与东野。那把电击棒应该是爱美和宫田前往一楼的时候，宫田连同小刀一起交给她的。而宫田当时因为预料之外的情况傻在原地，爱美就趁机靠近他，将枪口压在宫田的太阳穴，扣下了扳机。

爱美将手枪放在宫田的遗体附近，伪装成是自杀。之后便带着装有三千万日元的手提包奔上楼梯，回到自己位于四楼最深处的病房，卸掉妆容，恢复患者的身份。

一阵剧烈的晕眩袭来，秀悟当场跪倒在地。他产生错觉，自己像是被丢进无重力空间，平衡感不翼而飞，分不清前后左右。

某种热烫的物体突然从胃袋涌向食道。秀悟弯起身躯不停呕吐。他出院之后毫无食欲，几乎没吃东西，口中只溢出黏稠的胃液。近似于痛楚般的苦味扩散在口腔的每一个角落。

秀悟吐出胃中所有的东西，仍然止不住恶心。秀悟不断干呕着。

一个路过的年轻女子露出看馊水的眼神盯着秀悟，接着快步离去。

“不对、不对、不对、不对、不对不对不对……”秀悟的胸口仿佛腐烂了似的，他忍着恶心，如同坏掉的卡式录音机，不断低喃。

爱美不可能是犯人。这莫名其妙的情况使得他思绪混乱，大脑擅自创造出愚蠢的妄想，就只是如此。

有没有，还有没有线索能否定刚才的假设？秀悟双手猛抓头部。指尖撕裂了头皮，刺痛一掠而过。这股痛楚稍微冷却沸腾的脑浆。

周遭的人们对秀悟投去怪异的眼神。秀悟毫不在意，蜷缩在原地。

就算爱美真的是医院的患者，还是有几个说不通的疑点。首先，秀悟不懂爱美有何动机帮助宫田复仇。没错，宫田的动机是情人——佐仓江美子遭到杀害，但是秀悟不认为爱美会如此憎恨田所等人。

更何况，假设爱美就是共犯，她一定会把各种证据藏在自己病房的床头柜里。化妆品、沾有血液及灭火剂的衣物、卸妆液，以及抢走的三千万日元。她要是放着不管，警方总有一天会发现这些东西。院内因为需要运送大量患者前往其他医院，现场陷入一片混乱，但顶多只有昨天和今天。她即使带着这些物品逃亡，院内仍然留有住院患者的信息，警方肯定会循着这些记录逮捕她。

“啊！”秀悟抬起头。

他想起一件决定性的事实——宫田开枪射伤了爱美。假设两人是共犯，他们根本不需要这么做。

没错，爱美才不是杀人犯。这全都是我的幻想。他们要是共犯，根本没必要在左上腹留下那么大的伤口……

秀悟一想到这里，思绪顿时凝结，脚下仿佛随之崩塌。

“手术疤痕……”秀悟望着逐渐落入黑暗的夜空，悄声呢喃。

他明白了一切，所有线索全都联系在一起。

但是最后的事实未免太过残酷了……

秀悟仰头朝天，描绘脑中组合而成的真相。内心不可思议地平静。

那一晚小丑闯入之前，待在值班室内的秀悟曾经听见枪声。他一直以为那一枪是用来破坏后门，但宫田是田所医院的员工，他知道电子锁的密码，根本不需要特地开枪破坏后门。

宫田当时是朝着什么开枪?

……是爱美。爱美当时悄悄溜出了医院，而宫田正是朝着爱美的腹部开枪。

秀悟回想起爱美腹部的伤口。枪伤在左上腹，是一条斜行的伤口。他要是早点发现伤口的意义，或许能更早察觉这件案子的真相。后悔一点一滴侵蚀秀悟的内心。

爱美是为了消除腹部的伤疤……才自愿在医院后方让宫田开枪射击腹部。

现在仔细一想，爱美身上的枪伤跟摘除肾脏的手术疤痕，两者位置正好相同。

那间医院里进行的“秘密手术”，爱美也是那项手术的牺牲者之一。而她让宫田沿着伤疤开枪，避免造成致命伤，小心翼翼地除去了手术疤痕。

假如爱美受到枪击后经过一定时间才抵达医院，她的体能状态未免太过良好。她一定是中弹之后没多久就闯进医院让秀悟治疗，才将出血量控制到最低。

爱美借着中枪这件事能获得两个好处：一个是伪装成遭到挟持的可怜被害者，将这个印象深植众人心中；另一个是除去狰狞的手术伤疤。

而实际上，秀悟确实动用自己所有的技术，尽可能漂亮地缝合那道枪伤。数周之后，那道伤疤将会逐渐愈合，不仔细看绝对看不出残留的疤痕。

田所等人是特地挑选几乎彻底失去意识，或是病情同等标准的患者来摘取器官。但是爱美的意识相当清晰，由此能导出一个结论。

那一晚，当秀悟得知“秘密手术”的真相时，田所提到的那名“术后恢复意识的患者”，就是爱美。

田所当时提到，那名恢复意识的患者仍然留有失忆的后遗症，所以对方相信田所等人的说辞，以为腹部的伤口是原本就留下的。但事实并非如此。

爱美确实恢复记忆了，只是不知道她是马上恢复意识，还是经过一段时间才取回记忆。同时，她也得知田所等人偷走自己的内脏。田所等人可能以为爱美的意识还没完全清醒，所以其中有人不小心说漏了嘴。

爱美得知自己身上的遭遇后，誓言报复那群玩弄自己身躯的家伙，开始拟订整个复仇计划。爱美首先决定拉拢同伙，她选中了宫田胜仁。宫田是田所医院的物理治疗师，他在为恢复意识的爱美进行复健的时候，应该会频繁接触她的身躯。爱美以自身为武器，善用美貌与易于吸引男性的气质，攻陷了宫田。

秀悟紧咬着牙根。

一切全都是谎言。她受到的枪伤，勾起他人保护欲的不安神情，煽动情欲的樱花色双颊，圆润的双眸，以及妖艳湿润的双唇。这些全都是诱饵，用来将我操纵于股掌之中。

狂暴的愤怒灼烧着秀悟的心头，同时他又回想起与爱美的那一吻，双唇的触感隐隐重现，妖娆地挑拨他的本能。

秀悟跪坐在原地，握紧双拳狠狠砸向柏油路面。麻痹般的痛楚沿着双手直冲脑门，除去了那甜美的记忆。

秀悟将体内的热度融于气息之中，细细吐出。停滞的思考再次开始加速运转。

宫田不善于面对女性，他一定彻底成为爱美的奴隶。没错，宫田口中的“情人”绝非佐仓江美子。

爱美才是宫田的“情人”。

自己的记忆之中存有相符的线索。当时自己奔下一楼，打算救出被带走的爱美，并隔着铁栅栏与小丑对峙。小丑看着我为了爱美拼命的模样，态度似乎相当烦躁。当时我以为小丑的不悦是因为自己妨碍小丑袭击爱美，但其实根本没这回事。那个男人只是嫉妒我而已。

于是宫田奉献自己的一切来协助爱美复仇。宫田或许以为自己化身成英雄，为了情人不畏生死，将丑陋的真相暴露在大众眼前。但事实上，他不过是颗弃子。

宫田看着爱美枪杀田所两人之后，将枪口压在自己的太阳穴，他究竟有什么样的想法?

秀悟不禁对宫田感到一阵怜悯。

“川崎……爱美……”秀悟几乎没有做动嘴唇，念出了这个名字。

这名字早已毫无意义，“川崎爱美”已经不存在了，她跟着三千万日元一起消失无踪。

一股空虚袭上秀悟的心头，胸口仿佛被挖出一个大洞。但此时，他察觉了某件事，无力地干笑了数声。

“啊，原来……你早就给过我提示了。”

秀悟脸上挂着令人不忍的自谑笑容，想起七本病历表中的某个名字。

“川崎 13”

发现地为川崎，第十三位身份不明的住院患者。

“我叫作爱美，汉字是爱人的爱，美丽的美。”

爱美在自我介绍时，是这么自称的。

“13”……“13”……“ai mi”……“爱美”……❶

这个假名或许是她的小幽默。

当时是爱美从“新宿11”的病历表中找出那张接受过“秘密手术”的患者清单。但爱美可能只是将藏在手中的清单夹进病历表，然后假装在病历表里发现了纸条。

爱美为什么要将自己的病历表列在清单之中？她有自信这么做不会被看穿？还是认为至少要给一点提示才算公平？如今秀悟已经无从得知答案。

我或许该感谢爱美。秀悟仰望着明月高挂的夜空。

特种部队破门之前，她原本可以直接射杀无法动弹的我，但是她并没有动手。她让我活下去，可能会提高她身份曝光的风险。

她放过我，是想让我为田所医院的恶行做证？还是说她在与我相处的这短短数小时，在这段虚假的关系中，无意间催生出些许真正的情感？

她的计划几乎完美无缺。而在她精心策划的种种之中，却突然出现一名代班的值班医师，也就是我。我对她来说等同于不确定要素，原本她应该……

---

❶ 日文中的“爱美”读音为aimi，英文字“I”音同ai，数字“3”日文训读则是mi。

秀悟一想到这里，仰望夜空的双眼突然瞪大，眼角甚至要撕裂开来。全身窜过一阵鸡皮疙瘩。

假设一切都按照爱美原本的计划，那她要怎么处置原本的值班医师——小堺？

秀悟从口袋掏出智能手机，望着手机屏幕。小堺刚才打电话来的时候，态度相当诡异。

“医生不够……”

秀悟的独白缓缓融入冰冷的空气中。

为什么他至今都没发觉？只靠田所一个人根本不可能进行“秘密手术”。活体肾脏移植在移植手术中算是较为容易的手术。但即使如此，这项手术绝不可能只靠一名医师单独进行，至少还需要另一名医师协助。

是小堺，是他协助田所进行“秘密手术”。小堺长年担任泌尿科医师，累积多年经验，不只是肾脏切除术，他也有过肾脏移植的经验。

小堺原本也会和田所等人一起在那一天丧命。

她会放弃杀死小堺吗？……不可能。那群人撕裂她的身体，偷走了她的内脏，她绝不会放过任何一个人。

秀悟打开智能手机的通话记录，点选最上方的号码，果断拨出。呼叫铃响了数次，仍未接通。心中渐渐充斥不祥的预感。

秀悟将智能手机塞进口袋，使劲蹬地。他的工作地点——调布第一综合医院距离这里不到四公里，只要跑个二十分钟就能抵达。

秀悟感受颊上的冰冷，不断奔跑。

那个不知真名的女子正在他的脑中，静静绽放着天真无邪的笑容。

终章

成群的上班族即将从车站踏上归途，秀悟穿梭在上班族形成的人形波浪之中，奔向车站对面的目的地。他往前一看，前方一百米左右出现了一栋八层楼高的巨大建筑物。这里就是秀悟的工作地点——调布第一综合医院。

还差一点，只差一点了。秀悟原本就有些运动不足，长时间奔跑使得全身开始抗议。肺部刺痛，双脚仿佛铐上了枷锁似的，沉重不已。心跳加速到极限，心脏从体内不断敲打着胸骨。

秀悟的双脚仿佛随时都会罢工，但他还是催促着双脚，从大道往右转。下一秒，秀悟停下脚步。因为他看到前方数十米左右，有十台以上的警车团团包围住医院。

秀悟气喘如牛，拼命地摄取氧气，并且摇摇晃晃地走向医院。

数十名路人站在警方拉起的封锁线外，形成数道人墙，其中大多是身着西装的上班族。

秀悟努力拨开围观的群众，抵达封锁线外。

“不好意思，除了相关人员以外禁止进入。”

秀悟正想跨越封锁线，一名身着制服的警察阻止了他。秀悟急忙从臀后口袋取出钱包，将钱包内的员工证出示给警察。

“我是在这间医院工作的医师，我负责的患者病情恶化，院方紧急呼叫我回医院。请让我进去！”

“啊，不好意思，请进。”警察赶紧抬起封锁线。

秀悟侧眼看了看警察，快步走进医院。

秀悟通过自动门后便定在原地。一楼的外来患者专用区里聚集了大量警官，以及穿着蓝色制服的人们，看起来应该是鉴识人员。

秀悟茫然地站在原地，接着立刻发觉认识的年轻护士身着便服，正要经过旁边。

“那……那个……”

“啊，速水医师，您好。”护士发现了秀悟，微微收起下巴，弯身行礼。

“为什么这里会有这么多警察？你知道是怎么一回事吗？”秀悟尽可能保持语调平稳，开口问道。

“咦？速水医师不知道吗？刚刚明明闹得那么凶呢。”

“我今天请假，不久前我负责的患者病情恶化，才把我叫了回来。”

“啊，原来如此。刚才发生大事了，泌尿科的小堺医师被人捅了一刀。三四十分钟前有人发现他胸前插着刀，倒在外来患者专用区的角落，当时有人试着对他施行心肺复苏术……不过还是来不及。”

秀悟仿佛听见脸色一下子刷白的声音。双脚瞬间一软，但他仍然咬紧牙关，勉强站立在原地。

“原来如此……那还真是……大事一桩呀。”秀悟拼命从喉咙挤出声音。

“速水医师，您没事吧？您的脸色发青啊……”

“没事……我没关系。”秀悟虚弱地低声回答。

护理师狐疑地望着秀悟，然后快步离开医院。她或许是想尽快离开凶杀案现场。

……还是迟了一步。秀悟脚步踉跄，有如醉汉似的走出医院。他低着头走出封锁线，混在围观群众中慢慢前进。

我还是阻止不了她。秀悟勉强穿越围观的人墙，靠在电线杆上。自己的双脚早已无法支撑全身重量。他背靠着电线杆，缓缓滑落地面。秀悟双手抱腿，当场坐在地面，缩起身躯。快步踏上归途的人群在他眼前一一经过。

一切都结束了吗？啊，话说回来，金本好像提到，活页夹里的资料消失了一部分。她或许是为了让夺走移植自己器官的对象付出代价，便只夺走了那个人的资料。

即使她想继续复仇，我仍然无可奈何。

我……已经见不到她了。

忽然间，秀悟隐约听见有谁叫了自己。那嗓音既柔和，又妖娆地拨弄心弦。他在数十小时之前，一次又一次地听见这副嗓音。

“爱美？！”秀悟猛然站起身，瞪大双眼探看四周。

大约在前方十米处，西装笔挺的上班族浪潮中，能见到一道包裹在大衣中的纤细背影。

她的秀发整齐地剪到及肩，染成了茶色。但是秀悟仍然坚信。

是她。

“爱美！”秀悟声嘶力竭地大喊。

周遭的人们对秀悟投去惊讶的眼神，但是他毫不在意。

她一瞬间顿了顿，再次迈出步伐。她悠然地走着，仿佛在等着秀悟追上她。

秀悟打算追上她。但是他才刚抬起了脚，又缓缓地放了下来。

秀悟伫立在原地，静静地目送娇小的背影消失在人潮之中。

冰冷的夜风夺走了身躯，以及心灵的温度。

蔷薇的香气乘着微风，缓缓掠过了鼻尖。